Dieses Buch ist Volker R. Karrer
in großer Dankbarkeit gewidmet.

Manfred Miethe

Fliegender Phoenix

Kraft und Ruhe für unser tägliches leben

Körper-Geist-Übungen in asiatischer Tradition
Vitalität und Lebensfreude steigern
Das 20-Minuten-Programm mit Übungsposter

Die Deutsche Bibliothek – CIP Einheitsaufname

Miethe, Manfred:
Fliegender Phoenix: Kraft und Ruhe für unser tägliches Leben;
Die besten Körper-Geist-Übungen in asiatischer Tradition;
Vitalität und Lebensfreude steigern; Das 20-Minuten Programm /
Manfred Miethe. – Frankfurt am Main: Umschau Buchverlag, 1997
ISBN 3-524-72007-2

© 1997 Umschau Buchverlag Breidenstein GmbH
Frankfurt am Main

Lektorat: Elisabeth Neu
Herstellung: Karin Kern
Schutzumschlag: Art + Foto, J. Bourdin, Frankfurt am Main
Gesamtproduktion: Alinea GmbH, München

Printed in Germany

ISBN 3-524-72007-2

Inhalt

Teil 1
Die Geschichte

Ankunft eines Schwerkranken in Hawaii

Als ich aus dem Kabinenfenster des Jumbo-Jets der Korean Airlines schaute, sah ich weit unter mir in der endlosen Weite des Pazifischen Ozeans ein paar kleine Inseln liegen, die aussahen, als wären sie wie schimmernde Perlen auf eine unsichtbare Schnur aufgereiht. Mein Herz schlug schneller: das Ziel meiner Träume war in greifbare Nähe gerückt. Schon in ein paar Minuten würde ich auf Oahu, der Hauptinsel von Hawaii landen!

Doch zwischen mir und dem Land meiner Sehnsucht galt es noch, eine langwierige Paß- und Zollkontrolle zu überwinden: Eine mürrische Beamtin verdächtigte mich, einer religiösen Sekte anzugehören, weil ihr mein Haarschnitt zu kurz und meine Augen zu fanatisch erschienen. Als sich dann die automatischen Türen des Zollbereichs endlich hinter mir geschlossen hatten, stand ich völlig allein inmitten einer lebhaften Menge, die auf Verwandte oder Bekannte wartete.

Einerseits kam ich mir zwar ziemlich verloren und angesichts der fröhlich lärmenden Menschen unglaublich einsam vor, konnte mein Glück aber andererseits nicht fassen. Von Taipeh, der hektischen Hauptstadt von Taiwan, kommend, war ich nach mehrstündigem Flug in einem der letzten Paradiese auf Erden gelandet. Hinter mir ließ ich Taiwan, Hongkong, Bangkok und Deutschland zurück, um mein Leben von nun an ganz dem Studium der fernöstlichen Kampf- und Heilkünste zu widmen.

Kaum daß ich aus der vollklimatisierten Kühle des Honolulu International Airport getreten war, mußte ich mich setzen, da mir ziemlich schwindelig geworden war und ich das Gefühl hatte, zu ersticken. Das lag wohl zum einen daran, daß die feuchtwarme Luft vom süßlichen Duft unzähliger tropischer Blumen erfüllt war. Zudem war ich sehr geschwächt, weil ich seit mehreren Wochen schwer krank gewesen war und im Augenblick nur noch etwas über einhundert Pfund auf die Waage brachte.

Bereit zu sterben

Im vorangegangenen Dezember hatte ich an einem Intensivkurs in der Square-Yard-Form des Tai Chi Chuan teilgenommen, in dessen Verlauf wir täglich mehrere Stunden lang geübt hatten. Ich schlief in einem Bett, das direkt unter einem Fenster stand, das in die Dachschräge eingelassen war. Dieses war eines Nachts während eines Schneesturms aufgegangen, ohne daß ich es bemerkt hatte. Als ich am Morgen darauf am ganzen Körper zitternd und mit einem heißen Kopf aufwachte, sah ich entsetzt, daß im Laufe der Nacht einige Zentimeter Schnee auf meine Bettdecke gefallen waren und daß diese völlig durchnäßt und steifgefroren war.

Fast zwei Wochen lang hatte ich anschließend um die einundvierzig Grad hohes Fieber gehabt, aber jede ärztliche Behandlung abgelehnt, da ich in meinem Fieberdelirium davon überzeugt war, daß meine Zeit gekommen war, zu sterben. Ich hatte zwar gerade erst einen Monat vorher meinen achtundzwanzigsten Geburtstag gefeiert, war aber völlig damit einverstanden, mein Leben zu beenden, und dämmerte zufrieden in einem äußerst schönen Zustand an der Schwelle zwischen Leben und Tod vor mich hin.

Nun, ich starb zwar nicht, wurde aber auch nicht wieder richtig gesund. Mehrere Wochen lang war ich äußerst schwach, hatte ständig zwischen achtunddreißig und neununddreißig Grad hohes Fieber und nahm beinahe dreißig Pfund ab. Als mir bewußt wurde, daß ich keine Ahnung hatte, was eigentlich mit mir los war, überkam mich eine tiefe Verzweiflung. Ich wußte nicht mehr ein noch aus und schlich wie ein lebendiger Leichnam zwischen Wohnzimmer und Schlafzimmer hin und her.

Meine Freunde rieten mir, doch endlich zum Arzt zu gehen, sie baten mich immer wieder, und einige flehten mich sogar an. Aber ich blieb halsstarrig, so daß sich nach und nach alle von mir zurückzogen. Eines Morgens wachte ich wie üblich mit Fieber auf, hatte aber einen Moment geistiger Klarheit und faßte einen folgenschweren Entschluß: Ich würde Deutschland verlassen und nach Asien gehen, um meine Gesundheit mit Hilfe der asiatischen Kampfkünste, von denen viele ja auch Heilkünste sind, wiederzuerlangen.

Judo, Aikido, Yoga und Tai Chi Chuan

Obwohl ich bereits seit sieben Jahren erst Judo, dann Aikido und Yoga und zum Schluß Tai Chi Chuan geübt hatte, schien sich mir das wahre Geheimnis dieser Künste nicht zu enthüllen. Sie hatten mir so viel versprochen: innere Ruhe und äußere Kraft, Harmonie mit mir selbst und mit dem Universum, Vitalität und Langlebigkeit. Offensichtlich strotzte ich aber weder vor Kraft noch vor Gesundheit. Weiser oder wenigstens unbesiegbar schien ich auch nicht geworden zu sein.

Judo, „der Weg des Nachgebens", mit dem ich zum ersten Mal als Student an der Fachhochschule für Sozialpädagogik in Berührung gekommen war und das ich vier Jahre lang unter der Anleitung von Irmgard Hölzel ausgeübt hatte, ist eine japanische Kampfsportart, die bestimmte Traditionen der Samurai, der Kriegerkaste des feudalen Japans, aufgreift. Sie wurde im letzten Jahrhundert von dem Pädagogen Jigoro Kano begründet, der seine Kunst 1882 zum ersten Mal der Öffentlichkeit vorstellte. Mittlerweile ist Judo, das von Millionen Menschen beiderlei Geschlechts auf der ganzen Welt ausgeübt wird, als olympische Disziplin anerkannt.

Judo war mir zu hart geworden, da ich mich bei der Vorbereitung auf einen Wettkampf schwer verletzt hatte. Als ich mich nach einer Alternative umsah, die das Attribut „sanft" verdiente, entdeckte ich Aikido, „den Weg der Harmonie", das ebenfalls japanischen Ursprungs ist und sich auch als in der Tradition der Samurai stehend versteht. Aikido ist aber im Gegensatz zum Judo keine Sportart, sondern eine Kampfkunst, die auf Wettbewerbe verzichtet. Aikido wurde von seinem Begründer Morihei Ueshiba erst 1942 der Öffentlichkeit vorgestellt. Im Aikido geht es nicht darum, miteinander zu kämpfen oder einen Gegner zu besiegen, sondern darum, sich in Harmonie mit der Kraft eines Angreifers zu bewegen und diese auf ihn selbst zurückzulenken.

Während der Zeit, in der ich bei Rosa Ahrens in Hamburg Aikido übte, praktizierte ich gleichzeitig auch Hatha-Yoga, „das Joch", die jahrtausendealte indische Kunst, die den Menschen durch die Beherrschung des Körpers zum Göttlichen zurückführen möchte, heute aber vielen Menschen im Westen hauptsächlich als wirksame Entspannungsmethode bekannt ist. Doch noch immer fehlte mir etwas, und ich suchte weiterhin nach einer Kunst, die mir inneren Frieden und äußere Kraft schenken sollte. Da begegnete ich Stance van der Plaas, einer indonesischen Tänzerin, in die ich mich sofort verliebte und die mir zum ersten Mal Tai Chi Chuan vorführte. Ich war von der Schönheit der Bewegungen, von ihrer Eleganz und ihrer scheinbaren Mühelosigkeit so überwältigt, daß ich Yoga und Aikido von einem Tag auf den anderen aufgab und mich fortan nur noch dem Tai Chi, wie es kurz genannt wird, widmete.

Tai Chi Chuan, wörtlich etwa „die Faust des Großen Absoluten", wurde wahrscheinlich vor ein paar Jahrhunderten in China ent-

wickelt und gilt als einer der weichen „inneren" Stile des Kung Fu,
die sich allesamt dadurch auszeichnen, daß sie keine Muskelkraft,
sondern innere Kraft entwickeln. Ähnlich dem Prinzip des Aikido
soll die Kraft eines Angreifers gegen ihn selbst gelenkt werden.

Unsterblich und unbesiegbar

Zusätzlich zu meiner Tai-Chi-Praxis, in der ich auch von Lehrern wie
Gia Fu Feng und Rupert Sonaike unterwiesen wurde, hatte ich bereits
alle verfügbaren Bücher über taoistische Einsiedler verschlungen.
Fernab vom Treiben der Welt führten sie in den Bergen Chinas ein
zurückgezogenes Leben und widmeten sich ganz dem Einswerden mit
dem Tao, dem Urgrund allen Lebens. Dabei erlangten sie Unsterblichkeit, und so ganz nebenbei wurden sie auch noch unbesiegbar. Ich
stellte mir vor, wie ich mit einem dieser ehrwürdigen Meister in einer
Höhle irgendwo auf einem Berg leben und meine Tage damit verbringen würde, die Bewegungen von Tieren nachzuahmen. In tiefer
Meditation versunken, würde ich dort sitzen und mich nur vom ersten
Tau des Morgens ernähren. Ich malte mir auch in allen Einzelheiten
aus, wie ich später triumphierend nach Deutschland zurückkehren,
meine eigene Schule aufmachen und unglaublich berühmt – und
reich – werden würde.

Der einzige Taoist, den ich persönlich kannte – Gia Fu Feng –, war
zwar ein eher abschreckendes Beispiel, da er mir ungeheuer neu-
rotisch zu sein schien, aber ich war überzeugt davon, daß es
irgendwo einen Meister geben mußte, der meinen Vorstellungen
entsprach.

Schließlich hatte ich auch während meiner Krankheit keine Folge
der Fernsehserie *Kung Fu* mit David Carradine verpaßt, in der der
Held Kwai Chang Caine mit Sanftmut und Güte – und seinen stahl-
harten Fäusten – im Wilden Westen aufräumt. Besonders die häufi-

gen Rückblicke, die zeigten, wie der junge Caine von seinen Meistern im Shaolin-Kloster ausgebildet worden war, hatten es mir angetan.

Natürlich hatte ich auch bereits alle Filme meines Idols Bruce Lee gesehen, dem es zwar an Spiritualität mangelte, der sich dafür aber unglaublich elegant und mühelos bewegen konnte und obendrein noch alles kurz und klein schlug, was sich ihm in den Weg stellte – was natürlich rein zufällig immer nur die Bösen waren.

All diesen Wundertaten schien ich in meinem eigenen Training nicht näherzukommen, obwohl ich jeden Tag mit Begeisterung und Hingabe übte. Lag es an mir? Oder war es unter den Umständen, unter denen ich lebte, gar nicht möglich, meinen Vorbildern nachzueifern? Oder war ich nur noch nicht dem richtigen Lehrer begegnet? Ich beschloß, es herauszufinden.

Auf dem Weg nach China

Da der Kalte Krieg damals noch mit unverminderter Härte herrschte, bekam ich kein Visum für die Volksrepublik China und entschloß mich nach kurzem Zögern, meinen Meister in Hongkong zu suchen. Aber die Realität hielt meinen schwärmerischen Wunschvorstellungen wieder einmal nicht stand, und nachdem ich einige schlaflose Nächte in den an einen Ameisenstaat erinnernden Wohntürmen der Chungking Mansions verbracht hatte, brach ich meine Zelte überstürzt wieder ab und flog weiter nach Taiwan.

Aber auch dort wurde ich schon sehr bald enttäuscht. Wie bereits in Hongkong schien auch die Wirklichkeit in Taiwan nichts mit meinen Bilderbuchideen von geheimnisvollen asiatischen Meistern, von Unsterblichkeit und Unbesiegbarkeit zu tun zu haben. Taipeh, die Hauptstadt, war laut und dreckig, die Menschen rannten hektisch hin und her und waren unfreundlich, der Verkehr war unerträglich und die Luftverschmutzung weitaus schlimmer als in Deutschland.

Da sich das Land im Ausnahmezustand befand, patrouillierten überall Soldaten, und an den öffentlichen Gebäuden waren Plakate angebracht, die vor den blutrünstigen Untermenschen aus Rotchina warnten. Es war unerträglich.

Aber dann geschah das Wunder! Ich hatte mir in einem Park in Taipeh eine Kung-Fu-Gruppe angesehen, die von einer älteren Frau geleitet wurde, und war wieder frustriert davongegangen. Auf dem Weg in mein Hotel kam ich an einem Buchladen vorbei, dessen Fenster voller Bücher über Kampf- und Heilkünste war, und zwar sowohl in englischer als auch in chinesischer Sprache. Genau das richtige für mich! Ich blätterte gerade in einem der dicken Standardwerke, als mir ein Buch, das direkt daneben lag, förmlich in die Augen sprang. Es hieß *Combat Tai Chi Chuan* (*Tai Chi Chuan als Kampfmethode*), verfaßt von einem gewissen Andrew Lum, der, so erfuhr ich aus dem Vorwort, im hawaiischen Honolulu lebte, also nur ein paar Flugstunden östlich von Taiwan. Als ich das Bild des kleinen Mannes mit dem akkurat gescheitelten Haar sah, wußte ich sofort, daß ich meinen Meister gefunden hatte.

Am nächsten Morgen saß ich – schon lange bevor die Schalter öffneten – am Flughafen und wartete auf den nächsten Stand-by-Flug nach Honolulu.

Auf der Suche nach immerwährender Gesundheit

Ich mietete mich zunächst in einem der unzähligen billigen Hotels in Waikiki ein, dem von Wolkenkratzern und einem endlos langen Sandstrand dominierten Touristenviertel von Honolulu, und begann meine Suche nach dem Meister. Da ich von der schwärmerischen Vorstellung ausging, daß jeder Mönch auch ein Kung-Fu-Kämpfer sein müßte, lief ich mir auf dem Weg von einem buddhistischen Tempel zum anderen die Hacken wund und belästigte die verwirrten Mönche mit meinen Fragen. Die meisten von ihnen sprachen kaum Englisch, und auch meines war nicht so gut, wie ich nach zehn Jahren Schulunterricht geglaubt hatte. Aber da mein Mandarin-Chinesisch noch viel schlechter war und die meisten Mönche ohnehin Kantonesisch sprachen, versuchte ich ihnen durch mein Kauderwelsch und unter Einsatz von Händen und Füßen klarzumachen, was ich – der blonde, bleiche ausländische Teufel – von ihnen wollte.

Andrew Lum? Ob sie den Namen noch nie gehört hatten oder nur meine Aussprache nicht verstanden oder so taten, als verstünden sie mich nicht, habe ich nie herausgefunden. Vielleicht dachten sie auch, ich wäre vom Finanzamt oder von der Ausländerbehörde, und hüllten sich deshalb in ihr undurchdringliches Schweigen und zuckten bloß mit den Achseln.

Tai Chi Chuan? Sicher kannten sie es, und fast jeder Tempel hatte einen Raum, in dem an ein paar Tagen in der Woche geübt wurde. Mir wurde der Rat gegeben, am Abend wiederzukommen und mir den Meister anzuschauen, da er mit Abstand der Beste der Welt sei. So hätte ich an einem Tag gleich mehrere Weltmeister kennenlernen können.

Ob ich von ihnen lernen dürfe? Sie lachten mich nur aus und scheuchten mich wieder auf die Straße. „Wieder so ein verrückter Weißer", schallte es oft genug hinter mir her.

Besuch bei mehreren „Weltmeistern"

Da ich von der traditionellen Gastfreundschaft buddhistischer Tempel und Klöster gelesen hatte und mir einige Freunde erzählt hatten, daß ein Buddhist moralisch verpflichtet sei, einen anderen aufzunehmen, gab ich mich als Buddhist aus – was ich auch irgendwie zu sein glaubte – und versuchte, mich in einem der Tempel einzumieten. Aber auch dieser Versuch schlug fehl. Entweder waren die hiesigen Buddhisten gar nicht so gastfreundlich, wie ich angenommen hatte, oder sie hatten mich nicht als würdig empfunden oder überhaupt nicht verstanden, was ich von ihnen wollte. Auf jeden Fall war ich jedes Mal äußerst frustriert, wenn ich abends in mein Hotelzimmer zurückkam und meine schmerzenden Füße in eiskaltes Wasser hielt. Die Wirklichkeit erwies sich doch als viel schwieriger als das, was in den Büchern, die ich gelesen hatte, dargestellt wurde.

Zwei Wochen lang ging ich abends in die verschiedenen Tempel, um mir die Tai-Chi-Gruppen anzusehen. Ohne Erfolg: Mein Meister war nicht darunter, und die Lehrer, die ich sah – Weltmeister oder nicht –, überzeugten mich nicht. Viele der Schüler warfen mir eher mißtrauische und in manchen Fällen sogar feindselige Blicke zu. Wenn ich danach ins Hotel zurückkam, hätte ich nur noch weinen können. Das Fieber hielt weiterhin an, mir war ständig schwindelig, ich kannte keinen Menschen, hatte Mühe mit der Sprache und dem ungewohnten Essen und war zwanzigtausend Kilometer von zu Hause entfernt.

Aber ich stand jeden Morgen ganz früh auf und traf schon im ersten Licht des neuen Tages im Ala Moana oder im Kapiolani Park ein, um mir dort die Übenden anzusehen. Aber auch hier sah ich niemanden, der mich inspirierte. Ich ging zu allen Naturkostläden und zur Universität und sah mir dort die Anschlagbretter an, aber in dem Wirrwarr der dort aufgehängten Zettel konnte ich den Namen, den ich suchte, nicht entdecken. Ich kaufte mir auch die einschlägigen Zeitschriften, aber obwohl ich viele Anzeigen sah, in denen allerhand versprochen wurde, war keine darunter, die mich auch nur im entferntesten ansprach.

Endlich am Ziel meiner Träume

Ich hatte eigentlich schon fast aufgegeben, als ich zu Beginn der dritten Woche im strömenden Regen die Nuuanu Avenue hinaufging, um mir wieder einmal eine Tai-Chi-Gruppe anzusehen. Rechts von mir erhob sich der Punchbowl-Krater, ein erloschener Vulkan, der in seinem Innern auf dem Nationalfriedhof des Pazifiks die Überreste der im Zweiten Weltkrieg gefallenen Soldaten beherbergt. Vor mir ragten die zerklüfteten Felsen des Nuuanu Pali im majestätischen Grün auf, von denen sich vor fast zweihundert Jahren die Krieger von Oahu, von den anstürmenden Scharen Kamehamehas I. in die Enge getrieben, in die Tiefe stürzten und den kollektiven Selbstmord der Unterwerfung unter den „Napoleon des Pazifiks" vorzogen.

Als ich an diesem Morgen im Park geübt hatte, sprach mich ein älterer Chinese an, der mich fragte, wo ich Tai Chi gelernt habe. Im Verlauf der Unterhaltung erzählte er mir von einem gewissen Francis Pang, der angeblich der Meisterschüler von Andrew Lum sein sollte. Er selbst hieß ebenfalls Pang und betrieb einen kleinen Zeitungsladen in der Innenstadt, und er hätte – so behauptete er zumindest – gemeinsam mit Andrew Lum vor zwanzig Jahren persönlich den berühmten Meister Tung Fu Ling aus Hongkong geholt und bei ihm Unterricht genommen. Ich hielt ihn zwar für einen Aufschneider, aber immerhin war dies der erste konkrete Hinweis, den ich seit meiner Ankunft erhalten hatte.

Da es in den Tälern fast jeden Abend ein paar Stunden regnet und ich keinen Regenschirm hatte, kam ich völlig durchnäßt an dem buddhistischen Tempel am Kawananakoa Place an und rannte die letzten Meter zum rettenden Eingang. Dort blieb ich wie angewurzelt stehen, da ich mich plötzlich in einen der von mir so geliebten Kung-Fu-Filme versetzt fühlte: Im Hintergrund brannten vor der Statue von Kuanyin, der Göttin der Barmherzigkeit, und der von General Kvan, dem Schutzpatron der chinesischen Kampfkünste, in einem Kupferkessel Räucherstäbchen, deren Rauch träge an die rot angestrichene Decke stieg. An den Wänden hingen Schriftrollen mit chinesischer Kalligraphie, auf denen ich immerhin die Zeichen für „Tao", „Tugend" und „Faust" erkannte, und auf dem Steinfußboden übten um die vierzig Männer und Frauen aller Altersgruppen in kleinen Gruppen im Zeitlupentempo die Bewegungen verschiedener Tai-Chi-Formen. Der Leiter, ein junger Chinese, etwa in meinem Alter, sah kurz zu mir hinüber, hob kaum merklich die Augenbrauen und fuhr dann mit dem Unterricht fort, ohne mich weiter zu beachten.

Der Dauerregen ließ mich trotz der milden Temperaturen frösteln, aber ich wagte mich nicht über die Schwelle ins Trockene, da es ein ungeschriebenes Gesetz gibt, das Fremden untersagt, den Übungsraum einer Kung-Fu-Schule zu betreten, ohne vom Lehrer ausdrücklich dazu aufgefordert worden zu sein. Wer es trotzdem wagt, fordert damit den Lehrer automatisch zum Kampf heraus – und nichts hätte mir ferner gelegen.

Ich dachte an die vielen Filme, die ich gesehen hatte, in denen der neue Schüler seine Ernsthaftigkeit dadurch beweisen muß, daß er unbeweglich in Regen und Schnee vor der Schule oder dem Tempel verharrt, bis der Meister ihn willkommen heißt. Schnee war zwar in

Hawaii nicht zu erwarten, aber schon der Regen machte mir in meinem geschwächten Zustand ziemlich zu schaffen.

Obwohl einige der Schüler hin und wieder zu mir herübersahen, ignorierte mich der Lehrer auch weiterhin, während er von einer Gruppe zur anderen ging und seine Schüler durch Streck-, Dehn- und Atemübungen, langsame und schnelle Formen sowie durch Partnerübungen führte. Ich hatte nicht gewußt, daß es im Tai Chi Chuan auch schnelle Formen gab, und war fasziniert von der Schönheit und der Präzision der Bewegungen, die so mühelos aussahen, daß sie das jahrelange Training vergessen ließen.

Erste Begegnung mit dem Meister

Plötzlich stand ein kleiner Mann im typischen knallbunten Hawaiihemd, weißer Polyesterhose und Lackschuhen neben mir und lächelte mich freundlich an. Ich hatte ihn nicht kommen hören und schreckte zuerst zusammen, als er so unvermittelt auftauchte, fing mich dann aber wieder und verbeugte mich instinktiv vor ihm. Obwohl er mir nur bis zum Kinn reichte, schien es mir doch, als müsse ich zu ihm aufschauen. Sein Lächeln wurde noch größer, als er abwinkte und mir bedeutete, ihm ins Trockene zu folgen.

Ich zögerte einen Augenblick, bis ich die Reaktion des Lehrers sah, der zu uns herüberblickte, sich kaum merklich vor dem Neuankömmling verbeugte und dann sofort mit dem Unterricht fortfuhr. Da wurde mir plötzlich klar, wer neben mir aufgetaucht war, da ich in dem kleinen Mann nun den Verfasser des Buches, das ich in Taipeh gekauft hatte, wiedererkannte. Andrew Lum lud mich ein, auf einen der an der Wand stehenden Stühle Platz zu nehmen, und begann mit ein paar Scherzworten die Leitung der verschiedenen Gruppen.

Ich war einen Moment lang verwirrt. Das sollte der Mann sein, den ich zu meinem Meister auserkoren hatte? Das Warten im Regen war mir zwar schwergefallen, aber nun so ganz ohne großes Zeremoniell einzutreten, war mir auch wieder nicht recht. Und noch etwas anderes störte mich. Da ich in Deutschland hauptsächlich japanische Kampfkünste geübt hatte, war ich an Uniformen gewöhnt, an strenge Rituale, an endlose Verbeugungen und andere zeremonielle Verhaltensweisen. Und hier war einer, der zweifellos ein Meister war, sich aber meiner Meinung nach überhaupt nicht wie einer benahm.

Daß er aber tatsächlich ein Meister war, erkannte ich an jeder seiner Bewegungen, die von einer fließenden Eleganz waren, an seinem Gang, der leicht war und doch fest mit dem Boden verwurzelt, an der Haltung seines Körpers, die ohne jede Anspannung zu sein schien, und aus dem Respekt, den ihm seine Schüler zollten. Hier war einer, der keine äußeren Zeichen seiner Autorität brauchte, da er selbst diese Autorität verkörperte. Hier war einer, der sich selbst und anderen nichts mehr zu beweisen hatte, und der das lebte, was er lehrte.

Und falls ich Zweifel gehabt hatte, daß Tai Chi Chuan nicht nur äußerst gesund, sondern auch im Kampf äußerst wirksam war, so wurden diese in der Sekunde ausgeräumt, als ich beobachtete, wie Andrew Lum sich von einem seiner Schüler angreifen ließ und ihn mit einer kaum wahrnehmbaren Bewegung zu Fall brachte. Als er ihm dann lächelnd wieder aufhalf, ihm aufmunternd auf die Schulter klopfte und zur nächsten Gruppe ging, um einer älteren Frau, die wohl an Arthritis litt, die Schultern zu massieren, hatte ich ihn bereits in mein Herz geschlossen. Obwohl ich im Laufe der nächsten zwei Stunden weiterhin völlig ignoriert wurde, sah ich doch fasziniert zu, wie jeder der Schüler an den Bereichen arbeitete, die es für ihn zu perfektionieren galt, und wie der Lehrer, der wohl Francis Pang sein mußte, und der Meister ihnen dabei halfen.

Ein alter Mann, der deutlich übergewichtig war, machte spezielle Atemübungen; zwei junge Männer kämpften in einer Ecke miteinander und traktierten sich gegenseitig mit Händen und Füßen; eine schwangere Frau dehnte ihren Rücken, während eine gemischte Gruppe von Schülern beiderlei Geschlechts minutenlang in den einzelnen Positionen einer Tai-Chi-Form verharrte, bis ihnen vor Anstrengung die Beine zitterten und ihnen der Schweiß in Bächen von den Körpern lief.

Erst nach dem Ende des Unterrichts kamen Andrew Lum und sein Assistent zu mir herüber und sprachen mich an. Francis Pang fragte mich gründlich aus, während sein Meister zuhörte. Es schien ihnen zu gefallen, daß ich Deutschland verlassen hatte, um in Asien meinen Meister zu suchen, in Taiwan das Buch gekauft hatte und extra nach Hawaii geflogen war, um von ihnen zu lernen. Francis und ich wurden später gute Freunde, und er erzählte mir, daß er damals, als er mich im Eingang stehen sah, gedacht habe, der Tod stünde vor ihm, da ich so bleich und krank ausgesehen hatte und nur aus Haut und Knochen zu bestehen schien.

Wieder ganz von vorne anfangen

Ich wurde in die Gruppe aufgenommen und trainierte von nun an bis zu sechs Stunden täglich, obwohl mir beide Lehrer immer wieder zur Mäßigung rieten. „Weniger ist manchmal mehr", sagten sie immer wieder. „Du erreichst nichts, wenn du es übertreibst. Finde den goldenen Mittelweg, und höre auf deinen Körper! Er weiß, was am besten für dich ist."

Aber ich wollte nicht auf sie hören, da ich von dem Gedanken besessen war, endlich wieder gesund zu werden. Außerdem wollte ich das Geheimnis dieser Übungen ergründen. Eines Abends, nachdem Andrew gesehen hatte, daß ich beim minutenlangen Halten einer Position fast ohnmächtig geworden wäre, sprach er mich an: „Du wirst dich jetzt erst einmal auf bestimmte Dehn-, Streck- und Atemübungen konzentrieren, bis du stärker geworden bist."

Ich wollte protestieren, denn ich fühlte mich herabgesetzt, da ich mich doch immerhin schon seit Jahren in den Kampfkünsten geübt hatte. Andrew ahnte, was in mir vorging, und kam mir zuvor: „Das wichtigste ist jetzt, das du alles vergißt, was du zu können glaubst." Als er sah, daß ich aufbegehren wollte, hielt er eine Hand in die Höhe. „Höre mir einen Augenblick zu, bevor du etwas sagst. Ich will dir nämlich eine alte Geschichte erzählen."

Während der Unterricht weiterging, setzten wir uns auf zwei Stühle in der Nähe der Tür. Aber gerade als Andrew anfangen wollte, die Geschichte zu erzählen, bemerkte er, daß viele der anderen Schüler zu uns herübersahen und nicht mehr weiterübten. Er winkte sie zu sich: „Also gut, holt euch Stühle und setzt euch zu uns. Ich werde euch allen eine Geschichte erzählen, von der wahrscheinlich jeder von euch profitieren kann. Ich selbst habe sie von meinem Lehrer gehört." Nachdem sich alle Stühle geholt hatten und jemand warmen Tee gereicht hatte, fing Andrew an zu erzählen.

Die volle Tasse

„Es ist schon lange her, da kam zu einem taoistischen Einsiedler der Fürst des Reiches. Dieser war äußerst gelehrt und bemühte sich seit Jahren, das Geheimnis des Tao zu ergründen. Er hatte schon mit vielen anderen Weisen gesprochen, hatte viele Schriften gelesen und viel darüber nachgedacht, aber das Wesen des Tao und das seiner eigenen Existenz war ihm bisher verborgen geblieben.

Daher war er zum Einsiedler gekommen, um diesen zu fragen, was das Wesen des Tao sei. Immerhin hieß es, der Einsiedler könne mit den Tieren sprechen, die Melodie der Sterne verstehen und zum Anbeginn der Zeit zurücksehen. Der Taoist lächelte und bot seinem Gast Tee an. Der Fürst hielt ihm geistesabwesend seine Tasse entgegen, weil er schon mit Ungeduld daran dachte, welche Geheimnisse er gleich erfahren würde und ob sie wohl das bestätigen würden, was er selbst schon dachte, oder ob sie dem widersprechen würden, ob er wohl sofort eine gelehrte Abhandlung darüber verfassen oder noch etwas warten sollte, bis die Zeichen günstig dafür standen. In seinem Kopf legte er sich schon gelehrte Einwände zurecht, um dem Tao- isten zu beweisen, daß er ihm ebenbürtig war.

Der Einsiedler goß ihm Tee ein und hörte auch dann nicht auf, als die Tasse schon überfloß und der kostbare Tee auf das noch kostbarere Ge- wand des Fürsten tropfte. Dieser war außer sich vor Empörung. ‚Siehst du denn nicht, was du da anrichtest, du Tölpel?' herrschte er den Wei- sen an, so wie er es in seinem Palast auch mit seinen Dienern tat.

Der Taoist verzog keine Miene und goß seelenruhig weiter. Erst als die Kanne leer war, und das Seidengewand des Fürsten völlig rui- niert, fing er an zu sprechen.

‚Möchtet Ihr vielleicht noch etwas Tee?' fragte er seelenruhig. Der Fürst verschluckte sich fast vor Wut und rief mit hochrotem Kopf: ‚Bist du denn blind? Die Tasse ist doch längst voll! Wie könnte da noch mehr hineinpassen?'

‚Mein Fürst', fuhr der Weise ungerührt fort, als ob der Fürst ein kleines ungezogenes Kind wäre. ‚Ihr stellt mir zwar die Frage nach dem Wesen des Tao, seid aber gar nicht bereit, die Antwort zu hören. Denn Euer Kopf ist wie die Tasse, die Ihr in der Hand haltet, über- voll. Es paßt einfach nichts mehr hinein. Wenn Ihr wirklich erfahren wollt, worin das Wesen des Tao besteht oder was der Sinn Eurer Exi- stenz ist, müßt Ihr zunächst einmal alles vergessen, was Ihr darüber zu wissen glaubt.'"

Andrew trank langsam einen Schluck Tee und fuhr dann fort: „Viele von euch haben schon von anderen Lehrern gelernt und bil- den sich einiges auf ihre Künste ein. Aber wer wirklich gesund wer- den will und ein langes Leben führen möchte, der muß nicht etwas lernen, sondern etwas verlernen. Ihr müßt alles das verlernen, was ihr im Laufe eures Lebens gelernt habt, um zuzulassen, daß euer Kör- per sich auf natürliche Weise bewegt."

„Ihr könnt euch auch nicht entspannen, indem ihr etwas tut, son- dern nur, indem ihr etwas laßt. Und ihr werdet euch nicht gegen einen anderen verteidigen können, solange ihr gegen euch selbst kämpft. Erst wenn ihr euch ganz den Bewegungen hingebt und aufhört, zu wollen, werdet ihr eins mit ihnen werden. Und dann stellen sich Gesundheit und Langlebigkeit ganz von selbst ein."

Er stand auf. „Genug geredet. Jetzt wollen wir weiter üben!"

Später, als Andrew mir die neuen Übungen gezeigt hatte, die mir viel zu leicht erschienen und mir wie reine Zeitverschwendung vorkamen, sah er an meinem Gesichtsausdruck, wie enttäuscht ich war und daß ich mit den Tränen kämpfte.

„Du glaubst, ich traue dir nichts zu, nicht wahr?"

Ich nickte nur.

„Ich traue dir sogar sehr viel zu, viel mehr als den meisten meiner anderen Schüler. Aber man kann kein großes Bauwerk auf Sand errichten. Wenn es Bestand haben soll, braucht es ein solides Fundament. Setz dich hin, ich will dir noch eine Geschichte erzählen."

Eine andere Form der Wahrnehmung

Ich setzte mich widerwillig, aber Andrew ließ sich von meinem verdrossenen Gesicht nicht beeindrucken und fuhr fort: „Ein Mönch kam zu seinem Meister und sagte: ‚Meister, ich komme der Erleuchtung nicht einen Schritt näher, obwohl ich mich nach Kräften bemühe und völlig erschöpft bin. Wie lange wird es noch dauern, bis ich endlich erleuchtet bin?'

Der Meister fragte ihn seinerseits: ‚Wie lange übst du jeden Tag?'

‚Drei Stunden', war die Antwort.

‚Zehn Jahre bis zur Erleuchtung', sagte der Meister und wollte gehen.

‚Und wenn ich meine Anstrengungen verdoppele und sechs Stunden am Tag übe?'

‚Zwanzig Jahre bis zur Erleuchtung.'

Der Mönch war verwirrt. ‚Und wenn ich meine Anstrengungen verdreifache und zwölf Stunden täglich übe?'

‚Dann wirst du wahrscheinlich niemals erleuchtet werden, denn je mehr du dich anstrengst, desto mehr entgeht dir, daß du schon erleuchtet bist.'

In diesem Augenblick wurde der Mönch erleuchtet."

Andrew sah mich forschend an. „Verstehst du, was ich dir damit sagen will?"

Ich nickte stumm, denn ich hatte tatsächlich verstanden. Seit diesem Augenblick führte ich die Übungen jeden Tag aus und entdeckte immer mehr, welche Schönheit sie besaßen. Das lag aber nicht daran, daß diese vorher verborgen gewesen wäre, sondern nur daran, daß ich sie nicht hatte wahrnehmen können.

Das Geheimnis des Erfolgs – und der Gesundheit

Um neue Informationen aufzunehmen, muß der Kopf zunächst einmal ganz leer werden. Das heißt, daß wir unsere liebgewonnenen Vorstellungen über Bord werfen müssen, um überhaupt lernen zu können. Aber um effektiv zu lernen, ist es auch wichtig, absichtslos zu üben, sich einfach um der Bewegung selbst zu bewegen, ohne dabei ein Ziel vor Augen zu haben. Solange wir gesund *werden* wollen, werden wir nicht gesund *sein* können, weil wir uns selbst vom Ziel trennen und es dadurch immer wieder vor uns herschieben.

Wer sucht, kann nicht finden, heißt es in Asien, da das, was er sucht, nicht außen, sondern innen ist. Das bedeutet theoretisch, daß Gesundheit schon in uns existiert. Statt zu glauben, daß wir sie uns durch allerlei Mittel einverleiben oder durch komplizierte Methoden aneignen könnten, brauchen wir lediglich zu erkennen, daß wir nur uns selbst aus dem Weg gehen müssen, um der Gesundheit, die der natürliche und ursprüngliche Zustand unseres Körpers ist, zu erlauben, sich zu manifestieren.

Und praktisch bedeutet das, daß wir alles, was wir tun, einfach um seiner selbst willen tun sollten, da es uns nichts hilft, Übungen auszuführen, die uns lästig sind und die uns keinen Spaß machen, nur um irgendwann gesund zu werden. Es stimmt nicht, daß Medizin bitter schmecken muß, um zu wirken. Im Gegenteil: Die beste Medizin ist die, die überhaupt nicht wie Medizin aussieht und auch nicht so schmeckt. Und die wirksamsten Übungen sind die, die so einfach sind, daß wir sie ganz natürlich ohne großen Kraftaufwand, ohne besondere Ausrüstung oder hohe finanzielle Aufwendungen ausführen können. Sie mögen nicht besonders spektakulär aussehen und daher auch nicht zum Angeben geeignet sein, aber sie entfalten ihre heilende Wirkung immer dann, wenn wir ganz in ihnen aufgehen.

Körper-Geist-Übungen asiatischer Meister

Andrew und Francis nahmen regen Anteil an mir, vielleicht weil sie spürten, daß es mir wirklich ernst war und daß ich ihre Künste aus tiefstem Herzen lernen wollte, während der abendliche Gang in den Tempel für viele ihrer anderen Schüler einfach ein ganz normaler Teil ihres Lebens war, über den sie nicht weiter nachdachten. Tai Chi Chuan, Chi Kung und Kung Fu sind ja integrale Bestandteile einer jeden chinesischen Gesellschaft und gehören in deren Alltag wie bei uns Fußball, Joggen oder Spazierengehen.

Jedenfalls zeigten die beiden mir Übungen, die mir helfen sollten, den Fluß der Lebensenergie Chi anzuregen, da mein schlechter Gesundheitszustand ihrer Meinung nach dadurch verursacht worden war, daß ich mich über Jahre hinweg überfordert und auf diese Weise alle meine Reserven erschöpft hatte.

Der Sprung aus der Grube

Körper-Geist-Übungen sind kein Sport und lassen sich mit den in unserer Kultur üblichen Begriffen nur schwer beschreiben, da sie auf völlig anderen Prinzipien beruhen. So versuchen wir, geprägt durch unsere Leistungsgesellschaft, deren Motto „schneller, höher, weiter" ist, immer wieder, Grenzen zu durchbrechen und den Körper zu zwingen, Dinge zu tun, zu denen er eigentlich gar nicht bereit ist. Muskelkater, Übelkeit und Schwindel, Zerrungen, Knochenbrüche und andere Verletzungen des Bewegungsapparates sowie dessen vorzeitiger Verschleiß sind die Folgen. Wir gehen davon aus, daß Körper und Geist zwei getrennte Einheiten sind, und daß der Geist, wie es das Sprichwort sagt, „willig" und „das Fleisch schwach" ist.

Andrew erzählte uns eines Abends eine Geschichte, die davon handelte, wie er von seinem Lehrer (chinesisch Sifu) als Kind trainiert worden war. „Sifu wollte, daß ich meine Beine stärke, da starke Beine die Grundlage aller Kampfkünste sind. Außerdem entlasten kräftige Beine das Herz, da die Bewegungen der großen Muskeln das Blut zurück in den Oberkörper pumpen. Aber er wußte natürlich auch, wie zart und biegsam die Knochen von Kindern sind. Daher wollte er meine Muskeln ganz allmählich stärken." Um seine Worte zu demonstrieren, sprang er aus der Hocke ein paarmal mühelos in die Luft.

Dann fuhr er fort: „Sifu zeichnete mit einem Stock ein Quadrat auf den Boden und sagte mir, ich solle mich hineinstellen und mit einem Satz hinausspringen. Das mußte ich noch zwanzigmal wiederholen. Ich hatte keine Ahnung, worauf das hinauslaufen sollte, aber da ich gewohnt war, ihm zu gehorchen, stellte ich auch diese Übung nicht in Frage." Andrew lachte, und ich stellte mir vor, wie ein kleiner Knirps wie ein Frosch aus einem auf den Boden gezeichneten Quadrat hinausspringt.

„Am nächsten Tag hieß er mich, mit einem Löffel etwas Sand aus dem Quadrat abzutragen, so daß ich anschließend in einer ganz flachen Kuhle stand, aus der ich nun wiederum zwanzigmal hinausspringen mußte. So ging es wochenlang weiter. Ich grub das Loch jeden Tag einen Zentimeter tiefer und sprang immer wieder aus ihm hinaus. Nach ein paar Monaten war das Loch fast einen Meter tief, und ich konnte immer noch mühelos hinausspringen." Um zu beweisen, daß er diese Fähigkeit keineswegs verloren hatte, sprang er wieder ein paarmal aus der Hocke senkrecht in die Luft.

„Dann hieß er mich, etwas von dem Sand, den ich auf eine Seite der Grube geschaufelt hatte, in meine Taschen zu füllen. Ihr wißt wahrscheinlich schon, was jetzt kommt, oder? Jeden Tag füllte ich mehr Sand in meine Taschen und sprang zwanzigmal aus der Grube. Ich trainierte so lange, bis ich es nicht mehr schaffte, und ich somit an die äußerste Grenze meiner persönlichen Leistungsfähigkeit angekommen war."

Er lachte, als er sich an die alten Zeiten erinnerte: „Als ich dann auf dem ebenen Boden stand und allen Sand aus meinen Taschen entfernt hatte, forderte Sifu mich auf, aus dem Stand über einen Zaun zu springen, der mir fast bis zu den Schultern reichte. Ich kam mir leicht wie ein Vogel vor und hüpfte ohne jede Schwierigkeit hinüber."

Ich dachte an das deutsche Sprichwort „Steter Tropfen höhlt den Stein" und war von seiner Geschichte äußerst beeindruckt, denn sie illustrierte, daß Grenzen nicht durchbrochen werden müssen, um Fortschritte zu machen, sondern langsam und beinahe unmerklich aufgeweicht werden können, bis sie uns nicht mehr einschränken. Der Körper konnte gar nicht wahrnehmen, daß er jeden Tag vor eine größere Anforderung gestellt wurde, weil es für ihn keinen spürbaren Unterschied machte, ob er mit zehn Gramm oder mit fünfzehn Gramm Sand in den Taschen in die Höhe sprang oder ob die Grube dreißig oder einunddreißig Zentimeter tief war. Die Methode des Meisters hatte den Körper seines Schülers einfach überlistet.

Die Lebensenergie Chi

Asiatische Körper-Geist-Übungen trennen Körper und Geist nicht. Sie beruhen auf der Auffassung, daß beide nur zwei Aspekte derselben untrennbaren Wirklichkeit sind. Immerhin ist der Körper das Ergebnis eines seit Jahrmillionen andauernden Experimentes, das von

uns Evolution genannt wird, und dessen Ziel es ist, das Leben in seinen unzähligen Variationen zu verfeinern und zu perfektionieren.
Wir würden daher gut daran tun, auf die Botschaften des Körpers zu
hören, seine Sprache zu entschlüsseln und herauszufinden, was seinem Wachstum wirklich dient und was diesem eher hinderlich ist.

Gesundheit ist nicht einfach die Abwesenheit von Krankheit und
auch nicht ein statischer Zustand, der, einmal erreicht, ewig anhält,
sondern ein dynamischer Prozeß, der in jeder Stunde und an jedem
Tag Schwankungen und Anpassungen unterworfen ist. Appetit, Vitalität und Lebensfreude, überschüssige Kraft und ein reges Interesse
am Leben sind Begleiterscheinungen der Gesundheit. Wenn sie feh-
len, ist der Körper selbst in der Abwesenheit von Krankheitssympto-
men nicht gesund. Umfassende Gesundheit kann nicht erreicht werden, solange wir davon ausgehen, daß Körper und Geist getrennt
wären und daß das eine besser als das andere sei.

Im alten China wurden die Ärzte nur dann bezahlt, wenn der Patient *nicht* krank wurde, weil Krankheitsvorsorge durch Anleitung zu
einer harmonischen Lebensführung als wichtigste Grundvoraussetzung der Gesundheit angesehen wurde. Wenn ein Patient krank
wurde, erhielt der Arzt so lange keine Bezahlung, bis die Gesundheit
des Betreffenden wiederhergestellt worden war. Ärzte waren in diesem System nicht Mechaniker, die bei einem Notfall gerufen wurden,
sondern Berater auf dem Lebensweg, ein unverzichtbarer Bestand-
teil eines glücklichen und erfüllten Lebens.

Der asiatischen Philosophie zufolge wird das gesamte Universum
von einer Lebenskraft durchdrungen, die in China Chi, in Japan Ki
und in Indien Prana genannt wird. Die alten Hawaiianer nannten sie
Mana, und im antiken Griechenland wurde sie als Pneuma, der
Hauch des Göttlichen, bezeichnet. Diese Lebenskraft fließt in be-
stimmten Bahnen, die in der traditionellen chinesischen Medizin als
„Meridiane" bezeichnet werden, durch jeden Körper. Gleichzeitig ist
sie aber auch der „Urstoff", aus dem alle Materie und damit auch jede
Zelle unseres Körpers aufgebaut ist.

Wenn die Lebenskraft nicht ungehindert fließen kann, weil im Körper physische Verspannungen oder psychische Konflikte vorherrschen, wird der Mensch krank. Auch wenn sich ein Mensch von der steten Zufuhr dieser im gesamten Universum frei verfügbaren Energie abschneidet, weil er sich zu sehr von der Natur entfernt hat und sich beispielsweise den ganzen Tag in klimatisierten, also energiearmen Räumen mit künstlicher Beleuchtung aufhält, wird er krank.

Tai Chi Chuan, Pa Kua und Hsing I

Eines Abends besuchte ein ganz besonderer Gast die Klasse: ein alter buddhistischer Mönch, von dem Andrew Lum vor vielen Jahren Hsing I gelernt hatte, das zusammen mit Pa Kua und Tai Chi Chuan die drei inneren Stile des chinesischen Kung Fu, Nei Chia genannt, ausmacht.

Kung Fu ist eigentlich ein irreführender Begriff, denn übersetzt bedeutet er lediglich „Disziplin, die Zeit und Anstrengung erfordert". Das trifft allerdings auf Kalligraphie, Musik oder Poesie ebenso zu wie auf Tai Chi Chuan. So waren im alten China denn auch Künstler und Gelehrte aufgefordert, die Kampfkünste zu studieren, und viele Krieger zeichneten sich durch ihre Meisterschaft in den schönen Künsten aus. Der korrekte chinesische Begriff ist „Wu Shu", Kriegskünste, und beinhaltet sowohl den Umgang mit Waffen als auch den unbewaffneten Kampf.

Tai Chi bezeichnet das Große Absolute, das ungeformte Tao, das sich ständig in zwei miteinander spielende Kräfte, namens Yin und Yang, wandelt. Und Chuan bedeutet wörtlich Faust oder Autorität und kennzeichnet ein System des Boxens. Pa Kua, die Acht Trigramme, leitet seine kreisenden Bewegungen vom I Ching, dem Buch der Wandlungen, ab. Der Meister dieser Kunst steht niemals still, wandelt sich ständig, wechselt von den Bewegungen des Storchs zu denen der Schlange oder des Drachen, des Falken oder des Löwen, Affen und Bären. Während die Bewegungen des Pa Kua kreisförmig und kompliziert sind, sind die des Hsing I, der Methode des Geistes, die sich von der chinesischen Theorie der fünf Elemente und den Bewegungen der zwölf Tiere ableitet, linear und schlicht in ihrer Direktheit. Alle drei inneren Systeme betonen die Entwicklung innerer Kraft – Chi – im Gegensatz zu der muskulösen Kraft, die von der äußeren Schule angewendet wird. Diese Kraft wird durch vollkommene Entspannung des ganzen Körpers und durch das langsame, entspannte Üben der Bewegungen entwickelt. Zudem sind die Techniken vollkommen defensiv und können nicht zum Angriff benutzt werden, da sie der Kraft des Gegners bedürfen, um wirksam zu sein.

Ein Meister der Akupunktur

Meister Kuo demonstrierte uns einige seiner Bewegungen, von denen ich sehr enttäuscht war, da er sich äußerst langsam und meiner Meinung nach ziemlich kraftlos bewegte. Er mußte meine Skepsis wohl gesehen haben, denn er winkte mich zu sich und bedeutete mir, ihn anzugreifen. Da sowohl Andrew und Francis mich aufmunternd ansahen und viele der anderen Schüler ihre Belustigung über meinen Zweifel deutlich in ihren Gesichtern zum Ausdruck brachten, schlug ich auf den alten Mann ein – und saß verblüfft am Boden. Ich hatte nichts gesehen, fühlte mich nur kurz in einen Wirbel hineingezogen, der mich ebenso plötzlich wieder ausgespuckt hatte. Alle lachten, aber da der alte Mönch mich so freundlich ansah, konnte ich weder ihm noch den anderen böse sein, und nach einer Weile lachte ich aus vollem Herzen mit. Francis fragte uns, wie alt der Mönch unserer Meinung nach wohl sei, und die meisten von uns schätzten ihn auf Anfang Sechzig, was ihm sichtlich zu schmeicheln schien. Sein wahres Alter enthüllte er dann schmunzelnd als sechsundachtzig.

Ich hörte später, wie Meister Kuo sich mit Andrew auf chinesisch unterhielt, und sah aus den Augenwinkeln, wie er auf mich deutete. Andrew rief mich zu sich und meinte: „Sifu Kuo möchte, daß du ihn besuchst. Er wird dir helfen, deine Rückenschmerzen zu heilen." Ich hatte bisher niemandem von meinen Rückenschmerzen erzählt, die mich seit der Pubertät quälten.

Ein paar Tage später machte ich mich auf den Weg, um Meister Kuo in seinem kleinen Häuschen in Kapalama zu besuchen. Ich brachte ihm als Geschenk ein paar Apfelsinen und Bu Luk, chinesische Pampelmusen, mit sowie einen roten Umschlag, der zehn Dollar enthielt. Meister Kuos Holzhäuschen war winzig klein und bestand lediglich aus einer Wohnküche, in der auch eine Behandlungsliege stand, und einem angrenzenden Raum, in dem er meditierte und schlief. Er war gerade beim Kochen, als ich ankam, und bedeutete mir, mich auf einen Stuhl zu setzen, während er, eine Zigarette rauchend, die Suppe umrührte.

Als er fertig war, stellte er den Herd ab und kam zu mir hinüber. Da Andrew mir schon erzählt hatte, daß Meister Kuo kein Wort Englisch sprach, wollte ich ihm mit Hilfe von Zeichensprache erklären, was mir fehlte. Aber er winkte nur ab und griff sich erst mein linkes und dann mein rechtes Handgelenk, um mir den Puls zu fühlen. In der traditionellen chinesischen Medizin gibt es im Gegensatz zur westlichen Schulmedizin nicht nur einen Puls, der dem Herzschlag entspricht, sondern neun Pulse, die die Energiefrequenz der verschiedenen Organe widerspiegeln. Und die fühlte er nun.

Meister Kuo forderte mich auf, mich bäuchlings auf die Liege zu legen, und fing an, mir Akupunkturnadeln in den Rücken, die Beine, Hände und Füße zu stecken. Während der ganzen Prozedur redete er immer wieder erklärend auf Chinesisch auf mich ein. Nur schade, daß ich kein Wort verstand, da er natürlich wieder Kantonesisch sprach. Aber wahrscheinlich hätten mir auch meine bruchstückhaften Kenntnisse des Mandarin nicht viel weitergeholfen.

Ich döste vor mich hin und spürte ein angenehmes, wohlig warmes Gefühl entlang der Wirbelsäule, im unteren Rücken und an den Rückseiten der Beine. Es war herrlich entspannend. Nach ein paar Minuten war ich wohl eingeschlafen, schreckte aber plötzlich hoch, da eine ältere Frau hereinkam, die den Mönch lauthals begrüßte. Die beiden setzten sich hin, schlürften die Suppe und aßen hinterher eine von meinen Apfelsinen, rauchten und schwatzten, wobei sie immer wieder aus voller Kehle loslachten, während sie mir bedeutsame Blicke zuwarfen.

Bevor die alte Frau ging, wandte sie sich mir zu und sagte in gebrochenem Englisch: „Sifu sagt, deine Nieren sehr schlecht, sehr schwach. Vielleicht zu viel Sex, vielleicht zuviel Eis. Wer weiß? Auf jeden Fall drei Wochen kein Sex, kein Eis. Verstanden?" Ich nickte schwach, da ich mich kaum noch wach halten konnte, worauf die beiden erneut in schallendes Gelächter ausbrachen.

Ich besuchte Meister Kuo noch zweimal, dann waren meine Rückenschmerzen, die mich fünfzehn Jahre lang geplagt hatten, verschwunden. Auf Sex zu verzichten fiel mir nicht schwer, da ich dafür weder die Energie noch die Gelegenheit dazu hatte. Kein Eis zu essen erwies sich als die größere Herausforderung, da dies manchmal das einzige zu sein schien, was mich in der Hitze des hawaiischen Sommers noch abkühlen konnte.

Zum ersten Mal am Strand

Da ich insgesamt noch immer sehr schwach war, setzte ich mein spezielles Training aus Dehn- und Streckübungen fort, die meine Wirbelsäule, den Hauptkanal, durch den die Lebensenergie fließt, beweglicher machen, meine Gelenke lockern und meine Muskeln auf sanfte Weise stärken sollten. Außerdem wurde mir aufgetragen, jeden Morgen und jeden Abend ganz spezielle Atemübungen auszuführen, die dazu dienen sollten, mir große Mengen an kosmischer Lebenskraft zuzuführen. Dazu mußte ich immer um dieselbe Zeit an derselben Stelle stehen und auch jedesmal dieselben Kleidungsstücke tragen, die ich auf keinen Fall waschen durfte – auch nicht, als sie anfingen zu riechen, da sie völlig schweißgetränkt waren.

Nach etwa sechs Wochen fühlte ich mich so gut, daß ich es zum ersten Mal seit meiner Ankunft wagte, zum Strand zu gehen und mich auszuziehen, um mich von der Sonne bräunen zu lassen. Bisher hatte ich mich geschämt, weil ich so dünn war und meine Haut so bleich.

Die Strände Hawaiis sind voll von Menschen mit braungebrannten athletischen Körpern, da in einer Kultur, die mit wenig Kleidung auskommt, der physischen Schönheit ein äußerst großer Stellenwert beigemessen wird. Und nun war ich auf dem besten Weg, einer dieser schönen Menschen zu werden. Zumindest dachte ich das, als ich zum ersten Mal den warmen Sand unter mir spürte und die lebenspendenden Strahlen der Sonne genoß. Als ich mir meinen Körper ansah, kam es mir auch so vor, als sei er nicht mehr ganz so dünn, und als ich mich ein paar Tage später bei einem Freund wog, stellte ich voller Freude fest, daß ich bereits acht Pfund zugenommen hatte. Aber es sollte noch ein langer Weg werden, bis ich meine volle Gesundheit wiedererlangt hatte.

Die goldene Mitte finden

Trotz der Geschichten, die mir von meinen Lehrern erzählt worden waren und die ich theoretisch verstand, dachte ich doch von Zeit zu Zeit immer wieder einmal, daß es doch jetzt, wo es mir besserging, wahrscheinlich auch besser sei, mehr zu trainieren als vorher. Daher fing ich nach ein paar Wochen wieder an, jeden Morgen und jeden

Abend wie ein Besessener zu üben, bis mich Francis eines Tages erneut beiseite nahm.

„Manfred, du übst schon wieder zu viel. Entspanne dich doch, laß dir Zeit. Sonst wirst du es nie schaffen!"

Ich war verblüfft. Schließlich ging es mir doch deutlich besser, und ich war überzeugt, daß man etwas Gesundes nicht übertreiben kann und daß es einfach besser sein mußte, eine wohltuende Übung statt der vorgeschriebenen zehn Mal fünfzigmal auszuführen.

Francis, der nicht nur in westlicher Sozialpädagogik, sondern auch in traditioneller chinesischer Medizin ausgebildet war, fuhr fort: „Du mußt lernen, auf deinen Körper zu hören und zu verstehen, was er dir sagen will. Du hast beinahe jeden Tag Muskelkater, weil du deine Muskeln überanstrengst und ihnen nicht genug Zeit zum Ausruhen gibst. Die Ruhephase ist ebenso wichtig wie die Trainingsphase. Ohne Ruhe werden deine Muskeln nicht wachsen, deine Gelenke werden nicht lockerer und deine inneren Organe nicht gesünder werden können. Und die Lebensenergie kann sowieso nicht fließen, wenn du dich ständig überanstrengst. Das hat dich doch überhaupt erst so weit gebracht, daß du so krank wurdest. Willst du wieder alles aufs Spiel setzen?"

Natürlich wollte ich das nicht, zumal ich ja wußte, daß er recht hatte, konnte mich aber überhaupt nicht mit dem Gedanken anfreunden, weniger zu tun. Schon in Deutschland hatte ich immer mehr und härter trainiert als die anderen Schüler, weil ich von der Idee besessen war, unschlagbar zu werden. Um meine Gesundheit hatte ich mich dabei eigentlich nur ganz am Rand gekümmert, und Ausruhen und Entspannung waren für mich sowieso nur Fremdworte. Ich hatte nämlich schon während meiner Kindheit gelernt, daß ein Mann immer etwas tun muß, daß Ausruhen nur etwas für Schwächlinge ist und daß man nur durch harte Arbeit zum Ziel kommt. All das war jetzt in Frage gestellt.

„Du mußt völlig umdenken!" fuhr Francis mit seiner Ermahnung fort. „Höre endlich auf, dir und anderen etwas beweisen zu wollen.

Übe einfach, ohne dabei an ein Ziel zu denken. Konzentriere dich ausschließlich auf die korrekte Ausführung der Bewegungen, lege jeden Gedanken und jedes Gefühl in die Bewegung deines Körpers. Spüre deine Füße auf dem Boden, fühle, wie deine Beine den Körper tragen, nimm wahr, wie alle Bewegungen von deiner Wirbelsäule ausgehen und wie deine Hände sich durch die Luft bewegen."

Was sollte ich bloß den ganzen Tag über tun, wenn ich nicht mehr ständig üben durfte? Ich versuchte es ein letztes Mal: „Schön und gut, aber ist es nicht doppelt so gut, doppelt soviel zu üben? Und komme ich dann nicht schneller voran?"

Qualität, nicht Quantität

Es war ein herrlicher Sonntag. Wir hatten im Andrews Amphitheatre auf dem Campus der Universität von Hawaii geübt, und nun lud mich Francis ein, sich mit ihm in den Schatten einer Palme zu setzen und etwas von dem warmen Tee zu trinken, den er in einer Thermosflasche mitgebracht hatte. Traditionell vermeiden die meisten Chinesen, kalte Getränke zu sich zu nehmen. Sie trinken statt dessen lieber lauwarmen, ungezuckerten Tee, der den Durst hervorragend löscht.

Er schenkte mir ein, sah mich dann eine Weile nachdenklich an und fuhr fort: „Du weißt doch wahrscheinlich, daß die Dosis entscheidet, ob ein Wirkstoff eine positive oder eine negative Wirkung hat. Kleine Mengen eines Giftes können dich durchaus heilen, große Mengen dagegen werden dich mit Sicherheit töten. Etwas Zucker oder ein wenig Salz im Essen verstärken den Geschmack und regen die Verdauungssäfte an, aber zuviel davon kann zu ernsten gesundheitlichen Problemen führen. Nichts ist nur positiv, alles hat auch einen negativen Aspekt. Aber es gibt auch nichts, was nur negativ wäre, da auch im Negativen der Same des Positiven verborgen liegt."

„Aber was hat das mit dem Üben zu tun?" warf ich ein.

„Geduld, Geduld! Wenn du jeden Tag zwanzig Minuten läufst, wird das deinen Kreislauf anregen und deine Gesundheit stärken, aber wenn du jeden Tag drei bis vier Stunden läufst, wird es dir mit Sicherheit schaden, und du wirst immer größere Pausen brauchen, um dich wieder zu erholen, bis dein Körper schließlich die Notbremse zieht und dich auf irgendeine Weise zwingt, mit dem Training aufzuhören. Das gilt auch für alle anderen Übungen, die die Gesundheit erhalten oder verbessern sollen."

Mir wurde bewußt, daß ich seit Jahren alle zwei bis drei Monate einen kleinen körperlichen Zusammenbruch hatte, der sich einfach darin äußerte, daß mir alle Glieder schmerzten und ich kaum genug Energie hatte, um außer Schlafen noch etwas anderes zu tun. Aber davon wollte ich ihm jetzt nichts erzählen.

Francis redete weiter, nachdem er uns Tee nachgeschenkt hatte. „Schau dir die Spitzensportler an. Natürlich erbringen sie unglaubliche Leistungen, aber um welchen Preis! Und wenn es dir tatsächlich um deine Gesundheit geht, solltest du so schnell wie möglich begreifen, wieviel du wirklich tun mußt, um dein Ziel zu erreichen."

„Was ist denn mit dem Mentaltraining, das die meisten Spitzensportler machen?" fragte ich. „Läßt sich damit nicht die Leistungsfähigkeit des Körpers steigern?"

Er lachte: „Willst du Weltrekorde aufstellen und ins Fernsehen kommen oder gesund werden und ein langes glückliches Leben führen? Du mußt dich schon entscheiden!"

Die Frage war natürlich rein rhetorisch gestellt, und er hatte auch keine Antwort erwartet. Also fuhr er fort: „Du mußt nicht glauben, daß der Verstand über den Körper herrschen sollte. Versuche doch einmal aufzustehen, indem du dir bewußt vorstellst, welche Muskeln sich wann anspannen und entspannen müssen, auf welchen Wegen die Nervenimpulse vom Gehirn zu den Muskeln geleitet werden und so weiter. Wenn dein Verstand deinen Körper bewegen sollte, wärest du zu ewiger Untätigkeit verdammt. Du würdest weder laufen können noch dein Essen verdauen, und deine Haare würden auch nicht wachsen."

Ich versuchte, meine Beine bewußt zu bewegen, aber nichts passierte.

„Und nun denke einfach ‚Aufstehen!‘ und stehe auf!“

Ich stand, noch bevor mir überhaupt bewußt geworden war, daß ich überhaupt etwas gedacht hatte.

Nach diesem Gespräch nahm ich mir wieder vor, nur noch so viel zu üben, wie er und Andrew mir gesagt hatten, und den Rest des Tages lieber damit zu verbringen, zu wandern und zu schwimmen, die Naturschönheiten der Insel zu genießen oder auch einfach mal nur am Strand herumzuliegen, was mir wesentlich schwerer fiel, als stundenlang Körperübungen auszuführen.

Was wir lernen, sollten wir lehren

Andrew Lum kam nicht jeden Abend zum Training, da er als Angestellter bei einer der hawaiischen Fluggesellschaften und Vater von drei Kindern nur wenig freie Zeit hatte. War er aber da, dann war er mit Leib und Seele bei der Sache und inspirierte seine Schüler nicht nur mit seinem Können, sondern auch mit seiner einfachen ruhigen Art. Ich habe niemals erlebt, daß er seine Stimme erhoben hätte oder ungeduldig geworden wäre.

Als er sieben Jahre alt war, hatte ihn ein taoistischer Mönch in seine Obhut genommen, der ihn jeden Tag nach der Schule in den Kampfkünsten, in Meditation und magischen Praktiken unterwies. Nach einer fast zwanzigjährigen Ausbildung bei diesem Mönch sollte Andrew dessen Nachfolger werden und in die letzten Geheimnisse schwarzer Magie eingeweiht werden, mit deren Hilfe er Macht über Menschen und Dinge erlangen würde. Aber Andrew wollte mit diesen Dingen nichts zu tun haben und trennte sich von dem Mönch, der kurze Zeit später spurlos verschwand, als habe es ihn nie gegeben. Aus Dankbarkeit ihm gegenüber begann Andrew aber alles das zu unterrichten, was ihn der Mönch gelehrt hatte – allerdings mit Ausnahme der magischen Praktiken.

„Was wir gelernt haben, sollten wir unterrichten. Was wir bekommen haben, sollten wir weitergeben. Was uns geschenkt wird, sollten wir mit anderen teilen."

Zähne ziehen ohne Betäubung

Mehrere Monate nachdem ich in Hawaii angekommen war, lernte ich in dem Naturkostladen, in dem ich ein paar Stunden in der Woche arbeitete, eine wunderbare Frau kennen, in die ich mich sofort verliebte. Ein paar Wochen später zogen wir zusammen. Su Ling war Chinesin und hatte unter anderem viele Jahre lang in Korea, Japan, Spanien und ausgerechnet im Bayerischen Wald gelebt, wo sie eine Töpferlehre gemacht hatte. Ihre Familie war allerdings nicht so kosmopolitisch orientiert und war daher alles andere als begeistert, daß sich ihre Tochter ausgerechnet einen Weißen als Mann ausgesucht hatte. Das war bis jetzt in der Familie noch nicht vorgekommen.

Aber wie immer setzte Su Ling ihren Kopf durch, und als ihre Eltern erfuhren, daß ich ein angesehener Schüler Andrew Lums war, bei dem auch sie früher einmal Unterricht genommen hatten, schlug die Stimmung völlig um. „So so, Sifu hält viel von ihm, sagst du?" fragte ihre Mutter sie. Und ihr Vater brummte nur: „Muß ein guter Mann sein!" Dann hießen sie mich mit offenen Armen in ihrer Familie willkommen. Ich war nämlich inzwischen zu einem der fortgeschrittenen Schüler avanciert und unterrichtete an den Tagen, an denen weder Francis noch Andrew Zeit hatten, die Gruppe in ihrem Auftrag.

Viele der anderen Schüler neideten mir diese Aufgabe, da sie – die seit Jahren übten – sich übergangen fühlten Sie taten ihr Bestes, um mir das Leben so schwer wie möglich zu machen. Sie nannten mich abfällig „den deutschen General", aber als es mir im Lauf der Zeit gelang, mein Können immer mehr unter Beweis zu stellen, wurde daraus ein Ehrenname.

Eines Tages entzündete sich einer meiner Weisheitszähne, so daß ich unter furchtbaren Schmerzen litt. Su Ling empfahl mir einen alten chinesischen Zahnarzt, der ihre Familie schon seit Jahren behandelte. Ich ging in seine Praxis in der Bethel Street, und er erklärte mir ohne viel Federlesens, der Zahn müsse raus und ich solle mich nicht so anstellen.

„Bist du nicht der deutsche Schüler von Sifu Lum?" fragte er mich. Anscheinend hatte es sich mittlerweile herumgesprochen, daß ein Deutscher Karriere im Tai Chi machte. Ich nickte.

„Dann kann ich mir ja die Spritze sparen. Kannst du dein Chi lenken? Kannst du es auf die Stelle konzentrieren?" Er drückte auf meine Wange. Ich nickte mit schmerzverzerrtem Gesicht, obwohl mir langsam angst und bange wurde, als mir klar wurde, was er vorhatte.

„Dann tue das jetzt, und laß dich durch nichts ablenken, in Ordnung?"

„Okay!" Ich entspannte mich in seinem Stuhl und konzentrierte mich ganz auf den schmerzenden Zahn. Langsam verlor mein übriger Körper an Bedeutung, als sich mein Bewußtsein immer mehr auf diese eine Stelle beschränkte. Irgendwann schwebte ich körperlos im Raum und spürte zwar irgendwo in weiter Ferne einen Schmerz, der noch vorhanden, aber nicht mehr unangenehm war und auch gar nichts mehr mit mir zu tun haben schien. Dann war auch der Schmerz mit einemmal verschwunden, und ich hörte die Stimme des alten Zahnarztes: „Gut gemacht, der Zahn ist raus. Es hat kaum geblutet. Konzentriere dein Chi noch ein paar Minuten an dieser Stelle."

Ich habe in meinem ganzen Leben weder vorher noch nachher jemals eine so angenehme Sitzung bei einem Zahnarzt gehabt. Der Zahn war gezogen, die Wunde schloß sich innerhalb kürzester Zeit, und die Schmerzen kamen nie wieder.

Das Geheimnis der Quelle der ewigen Jugend

Ich hatte bereits viel von Visualisierungen und der Macht der Gedanken gehört und auch zahlreiche Bücher zu diesem Thema gelesen. Nun wollte ich angesichts meiner Erfahrungen beim Zahnarzt von Andrew wissen, ob ich die Wirkung der Übungen nicht noch verstärken würde, wenn ich mir gewisse Dinge vorstellte, zum Beispiel, daß ich in goldenes Licht gebadet wäre, oder während des Übens bestimmte Sätze wie „Heilende Energie durchströmt jede Zelle meines Körpers" aufsagen würde.

Andrew dachte einen Moment lang nach, bevor er antwortete: „Du setzt so viel Vertrauen in deinen Verstand, aber schau dir doch einmal ein Baby an. Es hat keinen Verstand, und doch lernt es schneller und mehr, als ein Erwachsener je könnte. Es denkt nicht, und doch lernt es seine Umgebung zu erkennen, zu sprechen und zu laufen. Und alles ganz ohne Verstand. Ist das nicht ein Wunder?"

Ich ließ mich von seinen Argumenten nicht beirren. „Aber beim Zahnarzt hat es doch prima geklappt, mein Chi zu konzentrieren. Hilft es mir denn bei den Übungen nicht auch, wenn ich mir vorstelle, daß mich die Lebensenergie durchströmt, oder wenn ich sie in bestimmte Bahnen lenke?"

Andrew lachte. „Es ist eine Sache, in einem begrenzten Gebiet auf kurze Zeit Energie zu konzentrieren, es ist aber eine ganz andere, mit Sicherheit zu wissen, wo in deinem Körper gerade ein Mangel oder ein Überschuß an Energie herrscht. Glaubst du wirklich, die Lebensenergie wüßte nicht, wie und auf welchem Weg sie fließen soll? Glaubst du allen Ernstes, sie wäre auf deine Hilfe angewiesen? Es ist genau andersherum: Du bist auf sie angewiesen, weil du ohne Lebensenergie keine einzige Sekunde existieren könntest. Versuche nie, sie im Verlauf der Übungen in bestimmte Bahnen zu zwingen, da du dir dadurch nur selbst schaden würdest. Du solltest dich im Gegenteil zurücknehmen, ihr keine Hindernisse in den Weg stellen und auf ihre Weisheit vertrauen, damit sie dich heilen kann."

„Aber beim Zahnarzt ging es doch super!" warf ich wieder ein.

„Beim Zahnarzt hast du dich nur auf eine Stelle deines Körpers konzentriert, aber du hast dir weder etwas vorgestellt noch irgendwelche Zauberformeln aufgesagt. Das ist doch ein Riesenunterschied. Du hast wahrgenommen, was ist, nicht dir vorgestellt, was sein könnte."

Da er sah, daß mir diese Antwort nicht gefiel, fuhr er fort: „Dein Körper ist viel älter als dein Verstand und auch viel weiser. Das, was du Bewußtsein nennst und auf das du so stolz bist, ist nicht die höchste Form von Bewußtsein, die es gibt. Die Intelligenz, die das Universum durchströmt und die uns zu Menschen macht, ist nicht etwas, was du mit deinem Verstand wahrnehmen oder begreifen könntest. Vertraue einfach darauf, daß sie immer in dir und durch dich wirkt, und konzentriere dich ausschließlich auf die korrekte Ausführung der Übungen."

Das war mir ganz und gar nicht genug. Einfach zu üben schien mir viel zu langweilig zu sein. Ich wollte lernen, wie ich diese gewaltige Energie lenken und für meine Zwecke einsetzen könnte.

Andrew seufzte: „Genau das habe ich von meinem Meister auch immer wieder gehört. Er war versessen darauf, dem Universum seinen Willen aufzuzwingen und Menschen und Ereignisse zu manipulieren. Aber glaubst du denn wirklich, du könntest wissen, welche Erfahrungen du brauchst, um zu wachsen und zu reifen? Vertraue einfach auf die Weisheit des Universums. Das, was wir brauchen, wird uns geschenkt werden, wenn wir aufmerksam leben und achtsam mit diesem kostbaren Geschenk umgehen. Und jetzt übe weiter!"

Da er mich mit diesen Worten einfach stehenließ, gesellte ich mich wieder zu den anderen und übte mich im Push Hands, einer Partnerübung des Tai Chi, bei der es darauf ankommt, die Energie des Partners und damit seine Absicht zu spüren, sie aufzunehmen und umzulenken.

Andrew kam nach einer Weile noch einmal zu mir herüber und sagte: „Ich habe noch einmal über deine Fragen nachgedacht. Stelle es dir doch einmal so vor: In dir fließt die Quelle ewiger Jugend. Sie entspringt in deiner Mitte, die gleichzeitig die Mitte des Universums ist. Du kannst sie weder lenken noch dafür sorgen, daß mehr Wasser aus ihr fließt, da sie ewig, unendlich und unerschöpflich ist. Du mußt nur den Stein wegräumen, den du selbst auf sie gelegt hast. Das ist alles! Das ist das Geheimnis immerwährender Gesundheit und eines langen glücklichen Lebens."

Die Kunst des Atmens

Seitdem waren mehrere Wochen vergangen, und eines Tages fing Francis an, mir bestimmte Atemtechniken beizubringen, durch die die Wirkung der Übungen verstärkt werden sollten.

Ich war verwirrt, da dies im Widerspruch zu dem zu stehen schien, was Andrew mir damals erklärt hatte, und äußerte Francis gegenüber meine Zweifel.

Er nickte. „Du hast ganz recht. Eigentlich stehen diese Atemtechniken tatsächlich im Widerspruch zu dem, was wir sonst lehren, aber auf der Stufe, auf der du dich befindest, werden sie dir helfen, tiefer in das Geheimnis dieser Übungen einzudringen. Es gibt da ein Sprichwort aus dem japanischen Zen-Buddhismus, das dies sehr schön illustriert. Es heißt: ‚Vor der Erleuchtung ist ein Berg nur ein Berg; auf dem Weg zur Erleuchtung wird er mehr als ein Berg und enthält das ganze Universum; nach der Erleuchtung ist er wieder nur ein Berg.'"

Er lachte: „Verwirrend, nicht wahr? Aber eigentlich ganz einfach zu verstehen, denn wenn wir anfangen zu üben, geben wir uns einfach den Bewegungen hin, weil wir sie nur von außen erkennen können. Wenn wir einen gewissen Punkt erreicht haben, dringen wir tiefer in das Wesen der Bewegungen ein. Aber sobald wir sie von innen her verstanden haben, geben wir uns ihnen einfach wieder hin."

Eigentlich war mir durch dieses Beispiel gar nichts klarer geworden, und mein Gesicht mußte meine Verwirrung wohl deutlich widergespiegelt haben, denn Francis fuhr erläuternd fort: „Wir üben formalisierte Bewegungen nur deshalb, um zur natürlichen Bewegung zurückzufinden. Kinder und wilde Tiere brauchen nicht zu üben, sie brauchen sich weder zu strecken noch zu dehnen, sie haben es nicht nötig, Atemübungen zu machen oder Krafttraining zu betreiben, da sie sich auf ganz natürliche Weise bewegen und noch nicht wie wir Erwachsenen verlernt haben, wie ihr Körper optimal funktioniert. Wenn du einmal zu dieser natürlichen Bewegung deines Körpers zurückgefunden hast, brauchst du keine Übungen mehr auszuführen."

Ich dachte bei seinen Worten an Frau Goralewski, die große alte Dame der Atem- und Bewegungstherapie, von der ich in Berlin gelernt hatte. Sie pflegte zu sagen: „Es geht in meinem Unterricht darum, atmen zu lernen, da wir es alle verlernt haben. Aber das einzige, was wir in dieser Gruppe nicht tun werden, ist, uns auf die Atmung zu konzentrieren." Statt dessen bliesen wir Taschentücher in die Luft und versuchten, sie in der Luft zu halten, gingen barfuß über auf dem Boden liegende Taue oder kleine Steine, beugten das Rückgrat Wirbel um Wirbel, Zentimeter um Zentimeter und beobachteten dabei, wo sich im Körper Anspannungen bemerkbar machten oder Schmerzen fühlbar wurden.

Nach einigen Wochen fiel mir auf, daß sich meine Atmung deutlich spürbar vertieft hatte und daß sich bei jedem Ein- und Ausatmen auch mein ganzer Bauch hob und senkte, während vorher nur die Bewegung meines Brustkorbes sichtbar gewesen war. Seitdem hatte ich nie wieder bewußt an meiner Atmung gearbeitet, aber oft festgestellt, daß die tiefe Atmung, die ich bei ihr gelernt hatte, ohne überhaupt zu merken, daß ich etwas gelernt hatte, sich sowohl in meinem Brustkorb als auch in meinem Bauch zeigte.

Der Körper heilt sich selbst – wenn wir es zulassen

Im Laufe der Monate wurde ich immer gesünder und stärker. Ich nahm zwar kräftig an Gewicht zu, wurde aber nie dick; ich verlor auch meine blasse Hautfarbe und sah bald aus wie ein blonder Einheimischer, von denen es genug gibt, da sich in Hawaii verschiedene Rassen miteinander vermischt haben.

Wenn ich mir die anderen Schüler ansah, staunte ich immer wieder über die unglaubliche Wirkung der einfachsten Übungen. Was sich bei mir als Gewichtszunahme niederschlug, zeigte sich bei Debbie, einer übergewichtigen Hawaiianerin, als Gewichtsverlust. Was Antaryami, einen hyperaktiven Hopi-Indianer beruhigte und seiner nervösen Zunge Zügel anlegte, führte bei Mitsufusa, einem phlegmatischen Japaner dazu, daß er aktiver wurde und manchmal sogar den Mund aufmachte, ohne gefragt worden zu sein.

Die Übungen, von denen ich einige im zweiten Teil dargestellt habe, wirken nicht auf eine bestimmte Weise, sondern stärken ganz allgemein den Fluß der Lebensenergie im Körper und harmonisieren dadurch das Zusammenspiel aller Körpersysteme. Ist eine Überfunktion eines Organs vorhanden, wird diese abgeschwächt; ist ein anderes geschwächt, wird es gestärkt. Der Körper weiß ganz genau – und besser als es ein Arzt jemals könnte –, wo und in welchem Maß Energie benötigt wird, um seine Aufgabe zu erfüllen. Die Übungen dienen nur dazu, die Selbstheilungskräfte des Körpers zu aktivieren und ihm die für die Heilung notwendige Energie verfügbar zu machen.

Eine geheimnisvolle Fremde

Als ich eines Morgens im Kuliouou Park am Strand übte, bemerkte ich aus den Augenwinkeln heraus, daß mir eine Frau zusah. Das war an sich nichts Ungewöhnliches und ich war schon daran gewöhnt, daß viele Menschen einen Moment stehenblieben, ein paar Kommentare machten und dann weitergingen. Aber an dieser Frau war irgend etwas anders. Aus ihrer Richtung schien ein Leuchten zu kommen, und ich meinte, eine Art Kraftfeld zu sehen, das sie umgab.

Nach einiger Zeit konnte ich mich nicht mehr auf meine Übungen konzentrieren und verlor sogar einmal das Gleichgewicht, so daß ich fast umgefallen wäre, denn ihr Blick war so intensiv, daß ich an nichts anderes mehr denken konnte. Als ich ärgerlich zu ihr hinüberschaute, war sie verschwunden.

Aber im Laufe der nächsten Tage tauchte sie immer wieder auf und sah mir zu. Eines Tages stellte sie sich einfach neben mich und korrigierte meine Haltung. Hinterher staunte ich über mich selbst, daß ich dies so einfach zugelassen hatte, aber während ihrer Anwesenheit schien es die normalste Sache der Welt zu sein.

Während sie mich korrigierte, sagte sie Sätze wie: „Wie könnte es noch angenehmer sein? Wie geht es noch leichter?"

Und wenn ich ihrer Meinung nach etwas richtig gemacht hatte, rief sie aus: „Ja, so ist es gut! Leichter, immer leichter! Das ist der Schlüssel."

Es waren manchmal nur ganz kleine Änderungen, die sie an meiner Haltung vornahm, aber ich merkte fast immer sofort, daß mir die Bewegungen nun tatsächlich leichter fielen und auch selbstverständlicher zu sein schienen. Meine Balance wurde besser, meine Atmung vertiefte sich noch, ich ermüdete nicht mehr so schnell und spürte auch keine Anspannung mehr, selbst wenn ich bestimmte Positionen mehrere Minuten lang hielt, um, wie Francis gesagt hatte, „sie von innen heraus zu verstehen".

„Es gibt nichts zu erreichen, du bist schon am Ziel", flüsterte die Fremde mir manchmal zu. „Entspannen, entspannen, entspannen!"

Mir war aufgefallen, daß Andrew mich seit einiger Zeit intensiver als sonst beobachtete und mit Francis über mich zu reden schien. Während einer Teepause sprach er mich dann an: „Du bewegst dich anders als sonst, irgendwie leichter und viel entspannter. Was ist passiert?" Ich erzählte ihm von der Frau, die mich als Schüler adoptiert zu haben schien, und er nickte nachdenklich: „Ich wußte nicht, ob es sie noch gibt. Wir haben sie seit langem nicht mehr gesehen. Gut!"

Er fragte mich aus, wie sie ausgesehen habe, ob es ihr gutzugehen schien, was sie getragen habe, um welche Zeit und wo ich sie gesehen hatte und so weiter. Auf meine Fragen, wer diese Frau denn sei, antwortete er nicht, sondern sagte nur, ich solle nicht weiter nachfragen, sondern mich einfach glücklich schätzen, daß ich ihr begegnet sei. Nur wenige Menschen hätten sie in den letzten Jahren zu Gesicht bekommen, da sie irgendwo in den Koolau-Bergen ganz abgeschieden lebte und nur selten in die Stadt kam.

Eines Tages kam die Fremde, die mir so ungeheuer vertraut zu sein schien, nicht mehr. Es war, als hätte ich sie nur geträumt, aber ich wußte genau, daß sie morgens zu mir in den Park gekommen war, um mir zu helfen. Ich konnte nicht einmal sagen, wie alt sie gewesen sein mochte oder welcher Rasse sie angehörte. In ihrem Gesicht schienen sich alle Rassen zu vereinigen, und obwohl es voller Falten war, strahlte es doch eine solche Lebendigkeit aus, daß ich ihr Alter unmöglich schätzen konnte.

Antaryami, dem ich an den Wochenenden Privatunterricht gab und der schon immer zu Übertreibungen neigte, meinte, es wäre wohl der Geist der Quelle der ewigen Jugend gewesen, der mich als Schüler auserwählt hatte. Ich war aber überzeugt, daß es sich um einen Menschen aus Fleisch und Blut gehandelt hatte, da ich nicht an Geister glaubte. Aber wer die Frau war, habe ich nie erfahren, und ich habe sie auch nie wiedergesehen.

Der Ursprung des Tai Chi Chuan

Monate waren vergangen, und ich glaubte, alles von Andrew und Francis gelernt zu haben. Da meine Gesundheit wiederhergestellt war, sehnte ich mich nach neuen Herausforderungen: Ich wollte in Boston von einem der Altmeister das Tai Chi lernen. In der Nacht, bevor ich aus Honolulu abreiste, hatte ich einen merkwürdigen Traum. Zu meinen Ehren hatte die Gruppe ein Abschiedsfest veranstaltet und mich mit gut zwei Dutzend duftender Leis, den hawaiischen Blütenkränzen, überhäuft. Selbst diejenigen, die mir anfangs skeptisch oder sogar feindselig gegenübergestanden hatten, waren gekommen, um mir Glück zu wünschen.

Anschließend hatte ich noch bis weit nach Mitternacht mit Francis gefachsimpelt und mich mit ihm über den möglichen Ursprung des Tai Chi Chuan unterhalten und spekuliert, ob Chang San Feng nun wirklich der Begründer der „Faust des Großen Absoluten" war oder ob sich die Kunst einfach im Laufe der Jahrhunderte aus vielen verschiedenen Stilen durch die Arbeit vieler Menschen herausgebildet und somit keinen eigentlichen Begründer hatte.

Andrew hatte mir bereits am Nachmittag ein Zertifikat übergeben, in dem stand, daß ich berechtigt sei, den Yang-Stil des Tai Chi Chuan zu unterrichten. Außerdem hatte er mir nach chinesischer Sitte eine Fahne schneidern lassen, auf der das schwarzweiße Tai-Chi-Symbol in ein auf die Spitze gestelltes Quadrat eingestickt war. Ich war von seinem Vertrauen und dieser Geste so gerührt, daß ich in Tränen ausbrach. Ich wußte genau, daß diese Ehre außer Francis bisher noch niemandem zuteil geworden war.

Nun wälzte ich mich im Bett hin und her, weil ich wegen meines Abflugs aufgeregt war und mir vorzustellen versuchte, was mich in Boston bei Altmeister T. T. Liang erwarten mochte, wie lange ich bei ihm bleiben sollte und wo und wann ich in Deutschland nach meiner Rückkehr eine Schule eröffnen sollte. Aber irgendwann tat der Reiswein, den wir in ziemlichen Mengen getrunken hatten, seine Wirkung. Kaum war ich eingeschlafen, da sah ich plötzlich einen kleinen Mönch mit kahlgeschorenem Kopf vor mir, der mir zuwinkte und mir bedeutete, ihm zu folgen. Ich stand auf und lief hinter ihm her, bis er plötzlich stehenblieb, einen Finger auf die Lippen legte, ein paar Zweige zur Seite schob und nach vorne zeigte: Direkt vor mir lag das Shaolin-Kloster im ersten Glanz der aufgehenden Sonne.

Der Traum vom Kranich und der Schlange

„Gib doch endlich auf. Du wirst es nie schaffen, mich zu besiegen", lachte Meister Wu gutmütig. „Deine Beine sind viel zu kurz, deine Arme sind zu dünn, dein Rücken ist zu schwach und dein Wille zu unbeständig. Finde dich damit ab, daß du nie ein Meister der Kampfkunst werden wirst. Für dich wird es immer einen Stärkeren geben."

Kaum hatte er diese Worte gesprochen, als Chang San Feng mit einem Aufschrei der Wut erneut auf ihn losging und erst mit dem linken, dann mit dem rechten Fuß gegen den Kopf seines Lehrers trat. Dieser breitete seine Arme aus wie ein Kranich seine Flügel und fegte Changs Beine beiseite wie lästige Mücken. Dann wich er ein paar Schritte zurück, stellte sich auf ein Bein und wartete unbeweglich. Als Chang erneut auf ihn zustürzte, täuschte er einen niedrigen Tritt in die Magengrube vor und drehte sich dann, als sein Schüler dem vermeintlichen Tritt ausweichen wollte, unvermittelt um und schlug ihm mit dem Handrücken auf das linke Ohr.

Chang fiel trotz des scheinbar mühelos ausgeführten Schlags zu Boden, sprang aber sofort wieder auf, um seinen Lehrer erneut anzugreifen. Dieser hob eine Hand. „Es ist genug. Du hast nicht die Kraft, um einen alten Mann zu besiegen. Bitte den Buddha um Beistand. Aber gehe zuerst in die Küche, und hilf den Novizen beim Reiskochen."

Welch eine Schmach, mit den Neulingen in der heißen Küche arbeiten zu müssen, während sich die anderen Mönche bemühten, Erleuchtung zu erlangen und vollkommene Meisterschaft über ihre Körper zu gewinnen. Aber statt seinem Meister zu gehorchen, wie es einem demütigen Diener Buddhas angestanden hätte, wandte Chang sich trotzig ab und rannte in den Wald. Hier, nur von schweigenden Bäumen umgeben, wußte er sich ungestört. Der Spott der muskelbepackten Mönche des Shaolin-Klosters war weit fort.

Es stimmte, daß seine Beine, verglichen mit den Stelzen, die Wu, der Meister des Kranichstils, Beine nannte, kurz waren und daß seine Arme verglichen mit den Eisenstäben, die Chow, dem Meister des Affenstils, dort aus den Schultern wuchsen, wo normale Menschen ihre Arme hatten, zu dünn waren. Und sein Rücken war, verglichen mit dem von Lo, dem Meister des Tigerstils, immer noch schwach, obwohl er seit vier Jahren unermüdlich trainierte und hundertmal am Tag die vielen Treppenstufen zum Tempel mit dem schwersten Stein, den er heben konnte, emporlief, obwohl er nur in der Pferdestellung aß und meditierte, obwohl er am Morgen fünfhundert Liegestütze machte und am Abend noch einmal fünfhundert.

Aber in einem täuschten sich alle: Sein Wille war weder unbeständig noch schwach. Sein Wille glich dem des erhabenen Buddha, der sich vor langer Zeit geschworen hatte, so lange zu meditieren, bis er erleuchtet sei. Der indische Prinz Siddharta war die große Inspiration des einfachen Bauernsohnes Chang. Er wollte es seinem Vorbild nachmachen, nur wollte er nicht erleuchtet werden – das war wohl eher etwas für ältere Männer und Hochgeborene –, sondern der stärkste Mann des Reichs der Mitte und der beste Kämpfer der Shaolin werden. Auf diese Weise wollte er den Ahnen Ehre erweisen und den Respekt seiner Familie erringen, die ihn wegen seiner körperlichen Schwäche verstoßen hatte. Den Männern des Dorfes, die ihn als Kind geschlagen und verspottet hatten, wollte er noch zu Lebzeiten zum unsterblichen Mythos werden. Gedichte über seine Heldentaten sollten verfaßt werden, und die Damen des Hofes sollten sich die Augen ausweinen vor Sehnsucht nach ihm. Chang geriet ins Träumen. Er sah sich auf seidenen Kissen ruhen, von vier wunderschönen Konkubinen und seiner Frau Nummer eins umgeben, er sah Söhne, viele Söhne, die seinen Geist nach seinem Tode mit Stolz erfüllen und vor seiner Ahnentafel Opfer bringen würden. Er träumte, daß der Sohn des Himmels ihn um Hilfe gegen die Barbaren des Nordens anflehte, er sah sich Armeen aufstellen und siegreich in den kaiserlichen Palast einziehen, wo er selbst zum Kaiser gekrönt werden würde.

Der Schrei eines Vogels brachte Chang zurück in die Gegenwart. Er stampfte zornig mit dem Fuß auf. Und wenn ihm all das nicht gelang, dann wollte er wenigstens bei dem Versuch sterben und auf diese Weise ein Held werden, von dem sich kommende Generationen bewundernd erzählen würden. Das schwor sich Chang San Feng an diesem Morgen.

Er lief tiefer in den Wald, das Lachen Meister Wus noch immer in seinen Ohren. An einer Stelle, an der die Bäume besonders dicht wuchsen, verbeugte er sich kurz vor ihnen und bat sie hastig um Verzeihung, bevor er mit Händen und Füßen auf sie einschlug. Wenigstens auf die Bäume war Verlaß. Sie blieben stehen, wenn man sie angriff, und wichen nicht feige aus.

Der Versuch, Berge zu versetzen

Etwas ruhiger geworden, lief er weiter. Auf einer Lichtung stellte er sich in die Pferdestellung und begann mit seinen Atemübungen. Er atmete mit einer solchen Macht ein, daß ihm einige Äderchen in den Nasenflügeln platzten, dann führte er die Hände vor der Brust zusammen, hielt die Luft an, bis sein Gesicht rot anlief, ließ den Atem durch den ganzen Körper zirkulieren und atmete dann explosionsartig durch den Mund aus, wobei er mit den Händen einen imaginären Berg, der seine Brust zu zerquetschen drohte, von sich schob. Dann atmete er wieder kraftvoll ein, hielt den Atem an, zirkulierte die kosmische Lebenskraft und schob mit der Ausatmung den Berg seitlich vom Körper weg. Schließlich hob er im dritten Atemzyklus den Berg über seinen Kopf empor.

Stunde um Stunde versetzte er mit der Kraft seines Willens die Berge, die seinen schmächtigen Körper zu erdrücken drohten; Stunde um Stunde zwang er die Lebenskraft, durch seinen Körper zu zirkulieren; Stunde um Stunde platzten in seinem Gehirn kleine Blutgefäße und plötzlich auch ein etwas größeres. Da versagten ihm die Beine den Dienst, und er fiel mit dem Gesicht voran auf den weichen Waldboden – und direkt vor die Füße Buddhas.

„Wohlgetan, Mönch, doch wisse, der Körper, den du heute stählst, wird schon morgen verfallen. Die Berge, die du heute versetzt, werden dir morgen den Blick auf das Nirwana versperren." So sprach der Erhabene und schritt davon. Und Chang San Feng fiel in einen tiefen Schlaf.

Als er wieder zu sich kam, hatte sich um ihn herum eine merkwürdige Gesellschaft versammelt, die ihn zunächst nur stumm ansah, sich dann aber mit Ratschlägen und auch Spötteleien nicht zurückhielt.

Ein kleiner, noch ganz junger Berg meinte: „Wenn du stehen solltest wie ein Berg, wärest du doch sicherlich einer von uns geworden und nicht ein Mensch mit zwei Beinen, oder?"

Und ein ungestümer Wind brüllte ihm ins Gesicht: „Menschlein, du kannst dich anstrengen, so sehr du willst, nie wirst du atmen wie ich. Keiner kann sich mit mir messen. Gib es also auf!"

Ein Tiger hob den schlaffen Arm von Chang San Feng mit seiner Pranke und meinte abschätzend: „Nicht schlecht für einen Menschenschwächling, aber ich hätte dir schon als Zweijähriger den Arm brechen können."

Und ein Pferd stieg auf die Hinterhufe und wieherte: „Pferdestellung! Wenn ich das schon höre. Lächerlich! Nie im Leben werdet ihr kleinen Menschen so stark sein wie ein Pferd."

Chang hielt sich die Ohren zu, als ihm der Spott und die Überheblichkeit der merkwürdigen Versammlung zu viel wurde. Er zwang sich, den immer gleichen Satz zu denken: „Ich nehme Zuflucht zu Buddha, dem Erhabenen, dem Juwel im Lotos." Und etwas leiser dachte er noch: „Buddha, ich flehe dich an, hilf mir jetzt."

„Mein Wille ist stärker als der eure", schrie er den Wesen entgegen. „Der Wille eines Menschen ist unbezwingbar." Dann fiel er erneut in Ohnmacht, und es wurde ganz still in seinem Herzen.

Die Weisheit einer kleinen Schlange

Als er wieder zu sich kam, saß vor ihm nur noch eine kleine Schlange, die sah ihn aus klugen Augen an und zischte: „Warum willst du immer nur von den Starken lernen? Warum imponieren dir nur Kraft und Schnelligkeit? Hast du denn die Worte von Meister Laotse vergessen, der uns lehrte, daß das Weiche das Harte besiegt? Lerne vom stillen Wasser und vom Flüstern des Windes, und wenn du bereit bist, werde ich dich als meinen Schüler annehmen und dir zeigen, wie du unbesiegbar werden kannst." Damit hatte sie sich schon davongeschlängelt.

Chang San Feng ignorierte die Worte der Schlange, die er ziemlich anmaßend und außerdem lächerlich fand. Es gab nur einen Weg zu siegen: Man mußte stärker, schneller und ausdauernder sein als alle anderen. Dann war man unbesiegbar. Mit diesem Gedanken machte er sich auf den Weg zurück zum Kloster.

Aber obwohl er den Weg schon hundert- und aberhundertmal gegangen war, erkannte er nicht Baum noch Strauch, und nach ein paar Stunden mußte er sich kleinlaut eingestehen, daß er sich verlaufen hatte. Er schaute nach dem Stand der Sonne, aber die schien sich die ganze Zeit über nicht bewegt zu haben. Noch immer war sie dort, wo sie gestanden hatte, als er den Berg versetzt hatte. Nur – sie brannte nicht mehr auf ihn herab, sondern ließ eine Art goldenes Dämmerlicht auf in herniedertropfen. Kein Windhauch ließ die Blätter der Bäume erzittern, kein Laut drang durch die dicke Stille. Da schlug er vor Wut und Verzweiflung mit den Fäusten immer wieder gegen einen der Eisenholzbäume, bis ihm die Haut in Fetzen herunterhing und er von oben bis unten mit seinem eigenen Blut bespritzt war. Erst dann hörte er auf und setzte sich dumpf auf den Boden, kreuzte automatisch die Beine und begann zu meditieren.

Wieder erschien ihm der Buddha. Der Erhabene hielt in seiner rechten Hand ein Schwert und in der linken eine Blume. Mit einer langsamen Bewegung, so als ob er sich durch dicken Honig hindurchbewegte, schlug er mit dem Schwert auf die Blume ein. Und siehe da: Das Schwert zerbrach und fiel in zwei Teilen zu Boden. Der Erwachte lächelte und ging an der Blume riechend davon.

Chang San Feng schüttelte den Kopf. Er verstand nicht, was der Buddha ihm sagen wollte. Vor Selbstmitleid fing er an zu weinen. Als seine Tränen endlich versiegt waren und er wieder klar denken konnte, hörte er in der Nähe einen Bach plätschern, zu dem ging er hin und tauchte seine schmerzenden Hände in das eiskalte, klare Wasser. Als er sie wieder herauszog, traute er seinen Augen nicht: Das Blut war verschwunden, und die Haut war unversehrt – wie die eines jungen Mädchens. Er dankte zuerst dem Buddha und dann dem Fluß und beschloß eine Weile am Ufer sitzen zu bleiben und sich auszuruhen. Als er dem trägen Lauf des Wassers zusah, fiel ihm die kleine Schlange ein und ihr Rat, vom stillen Wasser zu lernen. Er mußte lachen. Was sollte er denn schon vom Wasser lernen?

Die Lehre des Wassers

Aber je länger er auf den Bach sah, und je ruhiger es in ihm wurde, desto mehr öffnete er sich der ewigen Botschaft des Wassers. So ein Bach war doch ein geheimnisvolles Wesen, dachte er, ein Wunder, das immer gleich zu sein schien und doch in jedem Augenblick völlig anders war. Sein Rauschen schien eintönig und war doch in Wahrheit voller Feinheiten, voller Nuancen, die nur von denen wahrgenommen werden konnten, die bereit waren, den Lärm der Gedanken verstummen zu lassen und der Weisheit des Wassers zuzuhören.

Seit ewigen Zeiten sprudelte das Wasser dieses Baches aus der Erde hervor; ein paarmal hatte er seinen Lauf geändert, er war mal breiter, mal schmaler gewesen, aber immer war er dieser Bach. Gleichzeitig ständig neu und noch nie dagewesen.

Was mußte er seither alles gesehen haben: Menschen hatten ihn mit Flößen und Booten befahren, Brücken über ihn gebaut, ihn eingedämmt und umgeleitet, und noch immer floß er seiner Bestimmung entsprechend dahin – ruhig, stetig und voller Würde. Menschen waren in seinen Fluten ertrunken, unerwünschte Mädchen waren gleich nach der Geburt in ihm ertränkt worden, Jungen hatten in ihm gebadet, ein paar abergläubische Bauern hatten kostbares Öl auf ihm ausgegossen und es angezündet, um so die Götter anzuflehen, ihre Felder vor Überschwemmungen zu beschützen. Eines Tages waren sich hier die Söhne des Himmels und die barbarischen Horden aus den nördlichen Steppen begegnet, es war eine Schlacht geschlagen worden, und Hunderte von toten Soldaten hatten das Wasser blutrot gefärbt.

Den Bach schien das alles nicht zu stören. Tag für Tag floß er unbeirrt dahin. Chang fragte sich, wer wohl länger auf dieser Erde sein würde, der Bach ohne Namen oder der Sohn des Himmels auf seinem fernen Thron.

Er versank wieder in seine Meditation, und dieses Mal erschien ihm Meister Laotse, der alte Weise vom Berge, und sprach zu ihm: „Bist nicht auch du wie fließendes Wasser? Immer gleich und doch immer anders?

Fließt nicht auch du deiner Bestimmung entgegen? Und kommst nicht auch du ständig an und bist doch immer unterwegs?"

Chang San Feng fragte ihn: „Werde auch ich mich in den großen Ozean ergießen?" Laotse lachte: „Natürlich wirst du das, es ist deine Bestimmung." „Aber wer werde ich dort sein? Wer wird mich als den Helden erkennen, der ich bin?"

„Du wirst nur ein Wasser unter vielen sein, nicht mehr zu unterscheiden von all den anderen. Du wirst vergessen, daß du einmal ein mächtiger Held warst, einen Namen hattest, eine Geschichte, einen Anfang und ein Ende. Aber wisse, du wirst aus dem Meer emporsteigen in den Himmel, dich dort in Wolken verwandeln, über das Land hinwegziehen, dich in den Bergen abregnen und wieder in die Erde sickern. Und Jahrtausende später wirst du wieder zum Fluß werden, nur zu einem ganz anderen, einem, der keine Erinnerung mehr an das hat, was er jetzt zu sein glaubt." Der Alte ritt lachend auf seinem Ochsen davon.

Nun war Chang vollends verwirrt. Er ein Fluß? Teil des riesigen Ozeans? Was wollte ihm der alte Mann nur sagen? „So sage mir, ehrwürdiger Meister, wer ich bin", rief er ihm hinterher. Aber der Weise war schon nicht mehr zu sehen. Nur sein Lachen und das Schnauben seines Ochsen waren noch zu hören.

In der Mitte des Baches hatten sich einige Zweige ineinander verkeilt, das Wasser floß sanft um sie herum. Plötzlich aber hörte Chang San Feng ein gewaltiges Rauschen, und er sah mit Erstaunen, wie eine riesige Flutwelle heranschoß, die die Bäume in Sekundenschnelle mit sich fortriß. Dann floß der Bach wieder ruhig vor sich hin und plätscherte leise.

„Ist das Wasser schwach, gibt es nach und fließt um einen Widerstand herum. Ist es aber stark, so reißt es jeden Widerstand mit sich fort. Nichts ist so nachgebend wie Wasser, und doch ist nichts so mächtig. Lerne vom Wasser, Chang San Feng."

Er wandte sich um, um zu sehen, wer zu ihm sprach. Die kleine Schlange war schon wieder im Gebüsch verschwunden – nur ihren

Schwanz sah er gerade noch. Chang schüttelte den Kopf und beugte sich vor, um sich zu waschen. Da erschrak er, denn er erkannte das Gesicht nicht, das ihm aus irren Augen entgegenstarrte. Auf seinem kahlgeschorenen Mönchskopf war langes, schwarzes Haar gewachsen, das ihm bis auf die Schultern reichte, die buschigen Augenbrauen verdeckten beinahe seine Augen, und im Gesicht wuchs ihm ein Bart, der bis auf die Brust herunterhing. Seine Mönchsrobe war zerfetzt und sein Körper ausgemergelt und schmutzig. Das Gesicht im Wasser war nicht länger das des Mönches Chang, sondern das eines Wahnsinnigen, eines Dämonen der Finsternis.

Der Kampf mit dem inneren Dämon

Schreiend rannte er vor seinem eigenen Spiegelbild davon und rief immer wieder den Namen des Buddha, des edlen Erwachten, damit dieser ihn zurück in die Gemeinschaft der Mönche führen möge. Aber außer dem Bach und den Bäumen hörte niemand seine Schreie. Chang lief und lief und kam schließlich aus dem Wald heraus auf eine Ebene, auf der nichts wuchs außer ein paar Steinen.

Und nachdem er eine Weile sinnlos vor sich hin gewandert war, stand er am Rand einer Klippe und blickte über eine endlose Wüste, in der nichts lebte. Die Sonne brannte auf ihn nieder und versengte ihm die Haut. Da kam ein kleiner Lufthauch auf, der ihn streichelte. Chang San Feng aber wurde wütend und dachte an die Worte des allgewaltigen Windes und schrie höhnisch: „Wo ist jetzt deine Macht, o Herrscher der Lüfte?"

Da erhob sich ein solches Getöse, daß er sich die Ohren zuhalten mußte, und vor ihm verdichtete sich die Luft zu einer Wand aus Staub und Stein, die unaufhörlich auf ihn zugerückt kam. Er warf sich zu Boden und krallte sich an einem Felsen fest, als der Wind mit der Macht von zehntausend Pferden über ihn hinwegraste.

Dann wurde es wieder still. „Der Wind ist sanft und entspannt, wenn er ruht, aber wenn er erwacht, ist er mächtiger als alles, was sich ihm entgegenstellt. Selbst das Wasser unterwirft sich dem Wind. Lerne vom Wind! Entspanne dich, wenn dir dein Gegner gegenübersteht. Bewege dich nicht, wenn er sich nicht bewegt. Wenn er dann angreift, konzentriere all deine Kraft. Bewegt er sich langsam, bewege auch du dich langsam. Bewegt er sich schnell, bewege auch du dich schnell." Wieder sah Chang San Feng, wie die kleine Schlange eilig davonkroch.

Lange stand er auf der Klippe, dachte über die Worte nach und sah auf die öde Landschaft herab. Die Schlange war weise, daran hatte er nun keinen Zweifel mehr, auch wenn er noch nicht wußte, wie er ihre Botschaft umsetzen sollte. Je länger er stand, desto mehr verbrannte die Sonne ihm die Haut. Die Zunge klebte ihm am Gaumen, und er kam fast um vor Durst. Vor sich sah er Schemen, Angreifer, die ihm nach dem Leben trachteten. Sie traktierten ihn mit Schlägen und mit Tritten. Chang dachte an den Rat der kleinen Schlange und stand einfach da, wartete ab und war wie der stille Wind. Dann, als einer der Schatten in seine Nähe kam, wich er dem Angriff aus, drehte sich wie ein Wirbelsturm um die eigene Achse, konzentrierte all seine Kraft in der rechten Hand und schlug nur ein einziges Mal zu. Die Schemen verschwanden.

Nicht widerstehen, sondern ausweichen

Da machte Chang sich wieder auf den Weg. Nach einiger Zeit tauchte ein Dorf vor ihm auf, und er ging direkt zum Marktplatz, um nach der Sitte der buddhistischen Wandermönche um Nahrung zu bitten. Er sah einen Stand mit saftigen Wassermelonen, auf den ging er zu und bat um ein Stück. Der Verkäufer sah ihn an, rümpfte die Nase, griff nach dem Messer, mit dem er eben noch eine Melone gespalten hatte, und bedeutete ihm zu verschwinden.

Chang San Feng erinnerte sich, daß er keineswegs wie ein sanfter Mönch aussah, sondern eher wie ein wildes Tier. „Wenn ich schon so aussehe, will ich mich auch so benehmen", dachte er mit der Logik eines Wahnsinnigen und stürzte sich zähnefletschend auf die Melonen. Der Saft lief ihm in Strömen Kinn und Hals herunter, als er nach Herzenslust hineinbiß und laut schmatzte. Der Verkäufer stach mit dem Messer auf ihn ein, aber Chang wich – weiterkauend – geschickt aus, griff sich noch ein Stück und ging zufrieden lachend davon. Der Verkäufer schleuderte Steine nach ihm, und ein paar Kinder gesellten sich dazu, bewarfen ihn ebenfalls aus sicherer Entfernung und riefen ihm Schimpfworte hinterher.

Chang San Feng mußte noch lauter lachen. Die Worte berührten ihn nicht, und die Steinchen taten seinem abgehärteten Körper nicht weh. Schließlich hatte man im Shaolin-Kloster mit Eisenstäben auf ihn eingeschlagen, Holzlatten auf seinem Rücken und seinen Unterarmen zerbrochen und Bambusstöcke in seinen Bauch und Hals gebohrt. Was störten ihn da ein paar Steine! Als ihn aber einer am Kopf traf, da war es doch vorbei mit seiner Gelassenheit, und er schrie vor Schmerz auf.

Da hörte er eine vertraute Stimme, die flüsterte: „Denke an das Wasser. Widerstehe nicht, sondern gebe nach. Weiche aus, sei klug. Steine sind härter als Köpfe!"

Er fing an zu genießen, mit welcher Beweglichkeit und Anmut sein Körper den Steinen auswich, und schon bald wurde er nicht mehr getroffen. Schließlich gaben die Kinder und der Mann erschöpft auf und ließen ihn in Ruhe.

Von nun an provozierte Chang San Feng solche Zwischenfälle, um die Kunst des Ausweichens zu lernen. Er stahl und ließ sich erwischen, er rempelte die Reichen an, um mit ihren Leibwächtern und Dienern zu kämpfen, er beleidigte die Bonzen und verhöhnte die Anhänger des Meistes Konfutse. Bald war er für seine Beweglichkeit ebenso berühmt wie für seine Unverschämtheit. Er trat auf Märkten auf und verdiente Geld damit, sich mit Steinen bewerfen zu lassen.

Wer ihn traf, dem versprach er ein Stück feinster Jade, das er in einem Ringkampf gewonnen hatte, aber er brauchte es nie herzugeben. „Wenn ich das schon damals im Kloster gekonnt hätte, hätte Meister Wu mich nie schlagen können", dachte er wehmütig und wurde von einer großen Sehnsucht gepackt, in die Gemeinschaft der Mönche zurückzukehren. Unverzüglich machte Chang sich auf den Weg.

Die Kunst einer Frau

Unterwegs traf er eine schöne junge Frau, die am Straßenrand vor einem Haus saß und webte. Sie erinnerte ihn an seine Schwester. Als er an ihr vorbei wollte, stand sie plötzlich auf und stellte sich ihm in den Weg. Chang San Feng wich ihr höflich aus und wollte an ihr vorbeigehen, aber wohin er sich auch drehte und wendete, immer stand sie vor ihm. Da wurde er wütend und wollte die edle Dame wegstoßen, aber da wo sie eben noch gestanden hatte, war nun nur noch Luft. Dafür traf ihn plötzlich ein Stoß in den Rücken, der ihn zu Boden warf. Über sich hörte er das vergnügte Lachen der Schönen. „Man sollte einen Gegner nie nach dem Aussehen beurteilen, Chang, sonst erlebt man unangenehme Überraschungen." Wieder trat er nach ihr, aber sie wich ihm aus und schlug ihm wieder auf den Rücken, so daß er erneut das Gleichgewicht verlor.

„Ausweichen allein genügt nicht. Weiche aus, wenn der andere angreift, folge, wenn dieser sich zurückzieht. Das ist der zweite Teil der Lehre. Übe das Folgen!" Damit war sie verschwunden.

„Folgen." Chang kaute das Wort in seinem Geist hin und her. Ausweichen war gut, es brachte so manchen Angreifer zur Verzweiflung. Aber die junge Frau hatte recht, man mußte den Gegner in die Enge treiben, ihm keinen Raum lassen, eine neue Strategie zu planen und seine Kräfte für einen erneuten Angriff zu sammeln. Er wurde sehr vergnügt, als er daran dachte, wie Meister Chow sich über ihn wundern würde.

Chang San Feng wanderte weiter dem Kloster Shaolin entgegen. Er watete durch den Bach, an dessen Ufer er vor so langer Zeit meditiert und das wahre Wesen des Wassers verstanden hatte. Nachdem er den Wald durchquert hatte, in dem er damals auf die Bäume eingetreten hatte und von der merkwürdigen Versammlung der Tiere und Naturwesen verhöhnt und belehrt worden war, traf er auf der Straße einige seiner Brudermönche. Freudestrahlend lief er auf sie zu, sie aber nahmen Zuflucht zum Namen des Buddha, nannten ihn einen taoistischen Zauberer und nahmen ihre Kampfstellung ein. Verblüfft hielt er an, sagte ihnen seinen Namen und fragte nach Meister Wu und Meister Lo. Sie tuschelten untereinander, ohne ihre Kampfstellung für einen Moment aufzugeben, und riefen ihm schließlich aus sicherer Entfernung zu, daß er ein Dämon sein müsse, denn Chang San Feng, ihr Brudermönch, war vor vielen Jahren verschwunden. Nur einige zerrissene und blutgetränkte Kleidungsstücke hatte man gefunden. Sie hatten Räucherstäbchen angezündet und für eine günstige Wiedergeburt gebetet. Wu und Lo waren längst gestorben.

Chang schrie sie an: „Aber seht doch, ich lebe. Wiedergeboren worden bin ich tatsächlich. Ich habe von den Naturgewalten, den Tieren und von einer schönen Frau gelernt."

Als sie daraufhin aber mit ihren Stöcken auf ihn losgingen, da hatte er die Lehren der Schlange, des Windes und des Wassers vergessen und rannte weinend davon.

Der Traum der weißen Dämonen

Nun gab es kein Zurück mehr, er wußte nicht länger, ob er Mensch war oder Dämon, ob er noch im Reich der Mitte lebte oder in den Abgründen der Unterwelt. Der Buddha war ihm schon seit Jahren nicht mehr erschienen, Meister Laotse hatte sich nie wieder sehen lassen, er hatte die Anhänger Meister Konfutses verhöhnt, seine eigenen Brüder hatten ihn bedroht, er hatte gestohlen und gelogen, seit Jahren die Ahnen nicht mehr geehrt oder in Dankbarkeit seiner Eltern gedacht. Er war zu einem Tier geworden, das völlig allein und ohne Sinn die Welt durchstreifte. Da legte er sich auf die kühle Erde und wünschte sich zu sterben, um so aus diesem Alptraum zu erwachen. Über ihm zogen die Sterne ihre Bahn und folgten ewigen Gesetzen. Aber statt zu sterben, schlief er ein.

In seinem Traum sah er merkwürdige Menschen: Sie waren riesengroß und bleich mit langen Nasen, und sie trugen eine merkwürdige Kleidung. Sie öffneten den Mund, und heraus kamen schreckliche Laute, die er nur schwer als Sprache erkannte. Das mußten die weißen Dämonen sein, von denen er gehört hatte, die in einem fernen barbarischen Land lebten, in dem die Ahnen keine Ruhe fanden, weil niemand ihnen Nahrung gab und keiner sie ehrte.

Die weißen Dämonen bewegten sich langsam, als ob sie krank im Kopf wären, und führten Bewegungen aus, die ihn an irgend etwas erinnerten. Es war eine Art Tanz, die Bewegungen waren schön anzusehen, waren gleichmäßig und elegant, aber ihr Sinn entging ihm. Einer der Dämonen trat auf ihn zu und drückte ihm eine Schriftrolle in die Hand. Als Chang aufwachte, erwartete er halb, in seiner Hand eine Schriftrolle zu halten, aber die Hand war leer.

Eines Abends ruhte er sich auf einem Stein aus und dachte über alles nach, was ihm widerfahren war. Da sah er in einiger Entfernung eine kleine Schlange liegen, die sich im Schein der untergehenden Sonne räkelte. Plötzlich stieß ein riesiger Kranich, leichte Beute vermutend, auf sie herab. Er hackte mit dem Schnabel zu, die Schlange aber wich elegant und mühelos aus, und als er den Kopf zurückzog, um erneut zuzustoßen, biß sie ihn in den Hals.

Chang wollte der Schlange zu Hilfe eilen, denn er wußte, daß er in ihrer Schuld stand und daß sie gegen den übermächtigen Vogel keine Chance hatte. Aber er stand wie angewurzelt und konnte sich nicht vom Fleck bewegen. So kämpften die beiden Tiere eine Stunde lang, bis der Kranich erschöpft und blutend von seiner nicht so leichten Beute abließ und davonflog. Die Schlange aber schaute Chang San Feng stumm aus ihren starren Augen an und wartete.

In diesem Augenblick wurde er erleuchtet. Zuerst sah er Gautama Buddha vor sich, den Erhabenen, der ihn schweigend anlächelte und ihm eine Blume reichte. Daneben stand Laotse, dem die Tränen die Wangen herabliefen und der sich vor Lachen den Bauch hielt. Überragt wurden die beiden von der hageren Gestalt Meister Konfutses, der ihm anerkennend und verzeihend zunickte.

Dann verschwanden die drei, und Chang fiel ins Nichts. Dieses Nichts war das Tao, der Urgrund des Seins, das nicht beschrieben, sondern nur erfahren werden kann. In diesem Nichts, das doch All und Alles war, begann sich ein feuriger Kreis zu drehen, der aus zwei Schlangen gebildet wurde, die einander in die Schwänze bissen und sich dabei immer schneller um sich selbst drehten. Die eine Schlange war dunkel und hatte ein helles Auge, die andere war hell mit einem dunklen Auge. Aus der ekstatischen Vereinigung dieser beiden Kräfte, dem Yin und dem Yang, wurden die zehntausend Wesen geboren.

Chang San Feng verstand mit einemmal, wieso der Tag der Nacht weicht und warum die Nacht dem Tag folgen muß. Er verstand auch das wahre Wesen der Menschen, die geboren werden, wachsen, reifen und wieder vergehen müssen, er begriff den Lauf der Sterne, die sich in endlosen Kreisen bewegen, und den ewigen Tanz des Universums. Er sprang auf und tanzte diesen Tanz mit. Da aber das Universum in ganz anderen Zeitmaßstäben denkt als ein Mensch, konnte ein taoistischer Einsiedler, der zufällig vorbeikam, keine äußere Bewegung sehen. Er sah nur ein überirdisches Leuchten um Chang San Feng herum, der still dastand und den Tanz des Universums tanzte. Also setzte er sich zu seinen Füßen, und auch er wurde erleuchtet.

Die Gesetze des Universums

Als Chang San Feng Tage später aus seiner scheinbaren Erstarrung erwachte und der Taoist ihn bat, sein Schüler werden zu dürfen, nickte er nur und sprach die folgenden Sätze: „Das erste Gesetz lautet: ‚Das Weiche überkommt das Harte.' Das zweite Gesetz lautet: ‚Der Geist führt, der Körper folgt.' Das dritte: ‚Werde ich angegriffen, ziehe ich mich zurück; zieht sich der Angreifer zurück, folge ich.' Das vierte: ‚In der Ruhe bin ich wie ein Berg, in der Bewegung wie fließendes Wasser.' Das fünfte: ‚Je langsamer ich mich bewege, desto schneller komme ich voran.'"

Er legte seinem ersten Schüler die Hand auf die Schulter. „Meine Methode soll das Tao ehren, das die Mutter aller Wesen ist. Darum will ich sie die Faust des großen Absoluten nennen." Tai Chi Chuan war geboren.

Die nächsten Jahre verbrachten die beiden damit, zu meditieren, den Tanz des Universums zu tanzen und Tiere und Menschen zu beobachten. Sie studierten die Bewegungen des Affen, des Hahns und des Kranichs, sie ahmten den Tiger nach und natürlich die Schlange. Sie lernten auch weiterhin von Wind und Wasser, von den Bergen und Wolken und vom Lauf der Planeten.

Zunächst wurden sie verspottet, da sie gemäß der Erkenntnis, daß das Langsame die Mutter des Schnellen ist, ihre Übungen im Zeitlupentempo ausführten. Doch nach und nach verbreitete sich ihr Ruhm, denn viele forderten sie heraus, aber keiner konnte sie besiegen.

Aber der Meister und sein Schüler hatten längst das Interesse am Kämpfen, an Ruhm und Ehre verloren und zogen sich tiefer in die Berge zurück. Manche sagen, sie lebten dort von Mondlicht und Tautropfen, kleideten sich mit Spinnweben, schliefen auf dem weichen Gras und unterhielten sich mit Tieren und Pflanzen, Sternen und Göttern. Andere hielten sie gar für Götter oder zumindest für Unsterbliche und flehten sie um Beistand an.

Auf jeden Fall lebte der Meister länger, als es je ein Mensch vor ihm getan hatte, und erfreute sich zeit seines Lebens bester Gesundheit. Eines Tages verschwand er und wurde nie mehr gesehen. Da sein Körper nie gefunden wurde, entstand die Legende, daß er tatsächlich unsterblich geworden sei und China verlassen habe, um in anderen Ländern zu leben und zu lehren.

Auf dem Weg nach Hause

Als ich am nächsten Morgen aufwachte, war ich zwar erschöpft und todmüde, aber auch irgendwie erleichtert. Ich hatte das Gefühl, mit diesem Traum, der einer Initiation gleichkam, meine Lehrzeit abgeschlossen zu haben. Ich war bereit, selbst zu unterrichten. Nach einem Kurzaufenthalt in Boston bei Meister Liang würde ich wieder nach Deutschland zurückkehren.

Als das Grün und Braun der hawaiischen Inseln unter mir immer kleiner wurde und schließlich ganz vom endlosen Blau des Pazifiks verschluckt worden war, glaubte ich mich auf dem Weg nach Hause. Ich konnte nicht wissen, daß meine Lehrzeit noch lange nicht vorüber war und daß noch über zehn Jahre vergehen sollten, bis ich mich wieder in Deutschland niederlassen würde. Ich wußte auch noch nicht, daß auf mich Abenteuer warteten, auf die meine bisherigen nur die Vorbereitung waren.

Teil 2
Die Übungen

Die fünf goldenen Regeln des richtigen Übens

Die 1. goldene Regel lautet

„Das Einfache ist die Mutter des Komplexen, das Langsame die der Schnelligkeit."

Je einfacher eine Übung ist, und je leichter sie ohne Hilfsmittel auszuführen ist, desto stärker kann sie wirken. Körper und Geist sind immer dann nicht voneinander getrennt, wenn sie eine gemeinsame Aufgabe haben. Je mehr sich Ihr Verstand auf die Bewegungen des Körpers konzentriert, desto leichter werden Sie einen Zustand des inneren Friedens erlangen. Und je langsamer und achtsamer Sie üben, desto schneller werden Sie Ihr Ziel erreichen. Da sich jede komplizierte Bewegung aus vielen einfachen aufbaut, werden Sie diese um so leichter ausführen können, je besser Sie ihre einzelnen Bestandteile beherrschen.

Die 2. goldene Regel lautet

„Übe in Maßen, aber mit vollkommener Hingabe, und übertreibe nichts."

Wenn wir Körper-Geist-Übungen ausführen, ist es nicht wichtig, *wieviel* wir üben, sondern *wie* wir üben. Da es nicht auf Quantität, sondern auf Qualität ankommt, ist es besser, jeden zweiten Tag zwanzig

Minuten mit absoluter Konzentration zu üben, als jeden Tag zwei Stunden mechanisch und ohne innere Beteiligung. Das Denken sollte immer den Bewegungen des Körpers folgen und für die Zeit der Übungen kein Eigenleben führen.

Die 3. goldene Regel lautet

„Respektiere deine Grenzen, dann wirst du sie ausdehnen können."

Solange wir gegen die Weisheit unseres Körpers handeln und seine momentanen Begrenzungen und Einschränkungen nicht respektieren, werden wir nicht wirklich gesunden und auch kein erfülltes Leben führen können. Statt Grenzen zu durchbrechen, gilt es, sie zu erkennen und sie langsam vor sich her zu schieben, bis sie sich so weit ausgedehnt haben, daß sie das ganze Universum umfassen. Im Akzeptieren gegebener Beschränkungen liegt nämlich grenzenlose Freiheit verborgen.

Die 4. goldene Regel lautet

„Lerne die Botschaften deines Körpers zu verstehen."

Achten Sie stets auf die Signale Ihres Körpers. Die Bewegungen sollten sich angenehm anfühlen und wohltuend wirken. Wenn Sie sich bei der Ausführung verspannen, ist dies ein sicheres Zeichen dafür, daß Sie die Übungen falsch ausführen. Wenn Ihnen am nächsten Tag etwas weh tut, haben Sie für den Anfang zu viel geübt.

Die 5. goldene Regel lautet

„Glaube nichts, aber zweifle auch nichts an."

Da jeder Mensch verschieden ist, muß jeder Mensch auch für sich selbst herausfinden, was ihm nützt und was ihm auf seinem Weg weiterhilft. Es gibt kein Übungssystem, das für jeden Menschen gleichermaßen geeignet wäre.

Es hilft daher nicht, Übungen wie die in diesem Buch beschriebenen logisch zu untersuchen und darüber nachzudenken, ob sie wohl helfen werden oder nicht. Gesundheit ist keine philosophische Angelegenheit, sondern eine ganz praktisch erfahrbare und damit auch überprüfbar. Daher gibt es eine ganz einfache Möglichkeit herauszufinden, ob diese Übungen für Sie geeignet sind oder nicht: Probieren Sie sie aus! Üben Sie eine Zeitlang jeden Tag, dann werden Sie selbst erkennen können, ob Ihnen die Übungen guttun oder nicht.

Körper-Geist-Übungen in der Praxis

Ich habe diese Übungen im Laufe meiner zwanzigjährigen Erfahrung in den asiatischen Kampf- und Heilkünsten zusammengestellt, da sie für mich die einfachsten und zugleich wirkungsvollsten Übungen darstellen, denen ich bisher begegnet bin. Es heißt, das Einfache sei die Mutter des Komplexen, und Weisheit bestehe darin, den Weg zu finden, zur Einfachheit zurückzufinden. Auf den Bereich der Gesundheitspflege, der körperlich-geistigen Fitneß und der Meditation übertragen, bedeutet das, je einfacher eine Übung auszuführen ist, desto stärker kann sie wirken.

Diese Übungen heißen „Körper-Geist-Übungen", weil sie Meditation in der Bewegung sind. Der Begriff bedeutet aber nicht, daß der Körper etwas tut, während der Geist (Verstand) etwas anderes tut. Es ist also zum Beispiel überhaupt nicht nützlich, den Körper zu bewegen und sich gleichzeitig einen Lichtstrom vorzustellen oder Affirmationen aufzusagen.

Erinnern Sie sich daran, daß die Devise dieser und anderer wirksamer Übungen lautet: So einfach wie möglich! Wenn sich der Geist (Verstand) ausschließlich auf die korrekte Ausführung der Übungen konzentriert und sich von dieser Aufgabe durch nichts ablenken läßt, erreichen Sie eine Harmonisierung von Körper und Geist, die nur zwei Aspekte der einen Wirklichkeit sind. Der Lohn wird größere innere Ruhe und Ausgeglichenheit sowie eine verbesserte Gesundheit sein.

Um diese sechs Übungsreihen auszuführen, sind weder Vorkenntnisse erforderlich noch eine besondere Ausrüstung; sie kosten kein Geld und nehmen auch nicht viel Zeit in Anspruch; sie sind für Männer und Frauen jeden Alters gleichermaßen geeignet und können zu Hause oder in der freien Natur ausgeführt werden. Vor allem sind sie leicht zu erlernen, machen Spaß und offenbaren ihre wohltuende Wirkung schon nach verhältnismäßig kurzer Zeit. Sie brauchen mir nicht zu glauben, daß diese Übungen tatsächlich wirken; Sie brauchen sie nur auszuprobieren, um von ihnen zu profitieren und ihre heilsame Wirkung zu spüren.

Diese Übungen entfalten ihre optimale Wirkung dann, wenn Sie in der angegebenen Reihenfolge regelmäßig morgens gleich nach dem Aufstehen ausgeführt werden. Schon nach ein paar Wochen sollten Sie feststellen können, daß Sie mehr Vitalität, Energie und Kraft besitzen, daß Ihr Körper gelenkiger und belastbarer ist, daß Sie emotional ausgeglichener sind und daß sich Ihre geistige Einstellung zum Positiven hin entwickelt.

Während Sie die Übungen ausführen, sollten Sie mindestens ein großes Glas lauwarmes Wasser oder grünen Tee trinken. Nehmen Sie zwischen den einzelnen Übungen jeweils ein paar Schlucke. Das wird die Verdauung anregen, die Ausscheidung von Schlackenstoffen erleichtern und so zur Entgiftung des Körpers beitragen, und außerdem die elektrische Leitfähigkeit des Körpers verbessern, was wiederum den Fluß der Lebensenergie fördert.

Atmen Sie ruhig und gleichmäßig, ohne den Atemrhythmus regulieren zu wollen. Auf keinen Fall sollten Sie bei der Ausführung dieser Übungen außer Atem geraten. Sollte das doch einmal geschehen, verlangsamen Sie einfach die Bewegungen, und konzentrieren Sie sich auf einen gleichmäßigen Übungsrhythmus. Ihre Atemfrequenz wird sich dann schnell wieder normalisieren.

Luft- und Lichtbäder (nicht zu verwechseln mit dem Sonnenbad) sind für den Körper besonders gesund, daher können Sie die positive Wirkung der Übungen noch verstärken, wenn Sie sie nackt ausführen. Wenn Sie dies tun, achten Sie aber bitte darauf, daß Sie niemals im Zug stehen und daß die Raum- oder Außentemperatur nicht unter 18 Grad Celsius absinkt.

Wenn Sie die Übungen in der Wohnung ausführen, schauen Sie möglichst in Richtung auf eine grüne Pflanze oder aus dem Fenster, und richten Sie den Blick in die Ferne. Halten Sie sich mit den Augen nicht an etwas Bestimmtem fest, sondern schauen Sie einfach entspannt vor sich hin („mit weichen Augen schauen").

Lassen Sie sich durch nichts ablenken, weder durch die Kinder, das Telefon, das Bellen des Hundes oder das Knurren Ihres Magens. Konzentrieren Sie sich ausschließlich auf die Bewegungen Ihres Körpers.

Sanfte, inspirierende Musik, die leise im Hintergrund spielt, kann sehr wohltuend sein und Ihnen helfen, sich zu entspannen. Sie sollten aber auf keinen Fall Fernsehen schauen oder Nachrichten hören, wenn Sie diese Übungen ausführen, da Sie Ihren Körper dann rein mechanisch bewegen und der Trennung von Körper und Geist Vorschub leisten würden. Dann hätten aber weder der Körper noch der Geist etwas davon.

Wenn Sie nicht die Zeit haben, die gesamte Übungsabfolge gleich morgens zu üben, können Sie die Übungsreihen 1 bis 3 morgens ausführen und die anderen während der Mittagspause oder abends, wenn Sie nach Hause gekommen sind. Jede Übungsabfolge kann aber auch für sich allein geübt werden, da jede von ihnen positive, gesundheitsfördernde Resultate haben wird.

Achten Sie stets auf die Signale Ihres Körpers. Die Bewegungen sollten sich angenehm anfühlen und wohltuend wirken. Überschreiten Sie auf keinen Fall irgendwelche Grenzen. Wenn Sie mit einer Übung Schwierigkeiten haben, führen Sie sie so gut aus, wie Sie es eben können. Wenn Sie jeden Tag regelmäßig üben, werden Sie schon nach einiger Zeit in der Lage sein, die Übungen leichter, anmutiger und entspannter auszuführen. Sowohl Ihre Ausdauer als auch Ihre Muskelkraft und die Beweglichkeit Ihrer Gelenke werden mit der Zeit zunehmen.

Wenn Sie diese Übungen ausführen, reihen Sie sich ein in eine lange Kette von Übenden, die seit Tausenden von Jahren diese und ähnliche Übungen ausgeführt haben, um Körper und Geist zu harmonisieren und zu stärken. Ich wünsche Ihnen gute Gesundheit, ein langes, erfülltes Leben und vor allem viel Spaß!

Die 1. Übungsreihe:
Der erwachende Tiger

Diese Übungsreihe hat ihren Namen erhalten, weil einige Bewegungen denen einer erwachenden Katze ähneln, die ihren Rücken nach allen Seiten streckt, bevor sie aufsteht. Sie sollten sie ausführen, während Sie noch im Bett liegen, da die Bewegungen Ihre Wirbelsäule strecken und Ihre Rückenmuskulatur dehnen und so möglichen Rückenproblemen vorbeugen oder bereits bestehende lindern können.

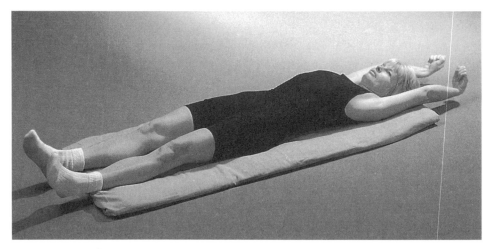

Hände und Füße kreisen

1

Legen Sie sich flach auf den Rücken, und strecken Sie die Arme über den Kopf nach hinten. Ballen Sie die Hände zu lockeren Fäusten, und führen Sie mit den Hand- und Fußgelenken jeweils 5 kreisende Bewegungen in beide Richtungen aus.

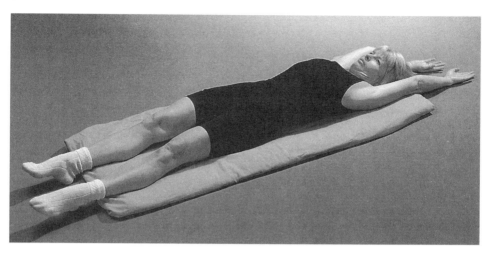

Linkes Bein und linken Arm strecken

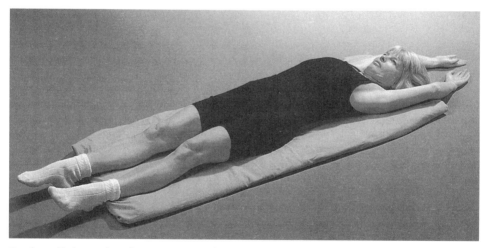

Rechtes Bein und rechten Arm strecken

2
Öffnen Sie die Hände, und strecken Sie nun den linken Arm und gleichzeitig das linke Bein, danach einmal den rechten Arm und eichzeitig das rechte Bein. Führen Sie diese Bewegung abwechselnd jeweils 5mal aus.

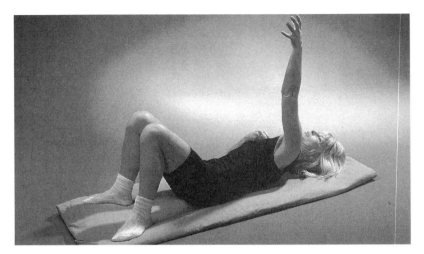

Linken Arm strecken

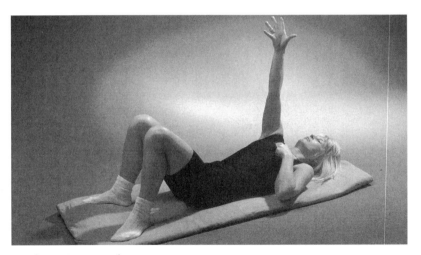

Rechten Arm strecken

3

Winkeln Sie nun die Beine an, stellen Sie die Füße flach auf die Unterlage, und heben Sie die Arme im rechten Winkel zum Körper empor. Strecken Sie abwechselnd die Arme, als ob Sie etwas pflücken wollten. Führen Sie diese Bewegung mit jedem Arm 5mal aus.

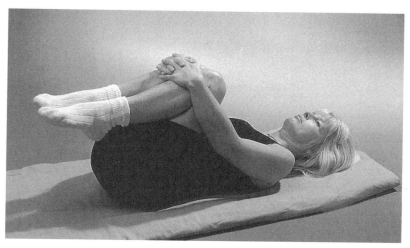

Knie umfassen

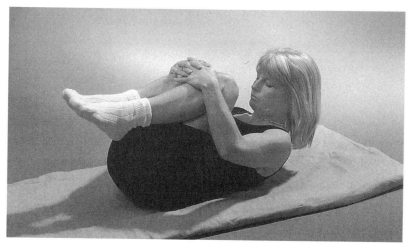

Beide Knie zum Kopf führen

4

Umfassen Sie beide Knie mit ineinander verschränkten Händen. Heben Sie Kopf und Schultern, und ziehen Sie die Knie in Richtung der Stirn. Wenn Sie gelenkig genug sind, werden Sie die Augen mit den Knien berühren können. Führen Sie diese Bewegung 5mal aus.

Linkes Knie halten

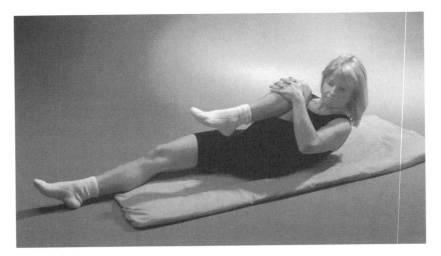

Linkes Knie zum rechten Auge

5

Strecken Sie nun das rechte Bein aus, und halten Sie das linke Knie mit beiden Händen. Heben Sie wieder Kopf und Schultern, und ziehen Sie das linke Knie zuerst in Richtung rechtes Auge, danach zum linken. Wenn Sie gelenkig genug sind, werden Sie das jeweilige Auge ganz

Linkes Knie zum linken Auge

Linkes Bein strecken

sanft mit dem gegenüberliegenden Knie berühren können. Strecken
Sie anschließend das linke Bein senkrecht in die Höhe.

Wechseln Sie anschließend zum anderen Bein. Führen Sie diese Bewegung 5mal auf jeder Seite aus.

Becken nach links kreisen

6

Stellen Sie die Füße nun wieder flach auf die Unterlage, und verschränken Sie die Arme unter dem Hinterkopf. Heben Sie das
Becken empor, und lassen Sie es jeweils 5mal zuerst in die eine, dann
in die andere Richtung kreisen.

Die Füße und Arme bleiben in der vorigen Position. Heben Sie nun
5mal das Becken – so weit es Ihnen angenehm ist – direkt in Richtung
Decke hoch.

Becken nach rechts kreisen

Becken heben

Knie umfassen

7

Umfassen Sie wieder die Knie mit ineinander verschränkten Händen.
Halten Sie diese Position drei Atemzüge lang, lösen Sie dann die
Hände, und legen Sie sie ausgestreckt seitlich neben den Körper.
Schauen Sie zur Decke, und senken Sie beide Knie nach rechts, bis
sie im Idealfall die Unterlage berühren. Dann heben Sie die Knie und
senken sie nach links, bis sie dort die Unterlage berühren. Führen Sie
diese Bewegung zu jeder Seite 5mal aus.

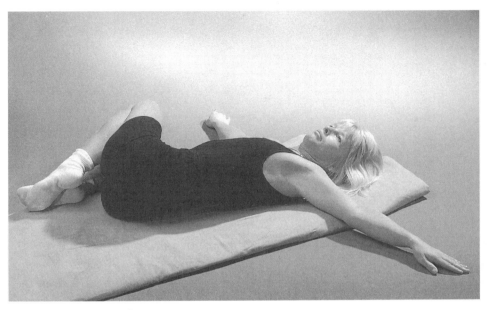

Knie nach rechts senken

Knie nach links senken

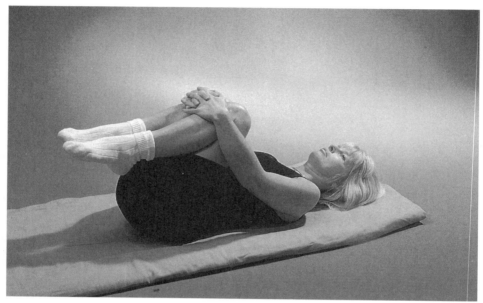

Knie umfassen

8

Kehren Sie in die Ausgangsposition in der Mitte zurück. Führen Sie
dann die Bewegung fort, indem Sie die Knie wieder zur rechten Seite
senken. Dieses Mal drehen Sie aber gleichzeitig den Kopf nach links.
Wenn Sie die Knie heben, kehrt auch der Kopf in die Ausgangsposition zurück. Beim Senken der Knie zur linken Seite drehen Sie den
Kopf nach rechts, so weit, wie es Ihnen angenehm ist. Führen Sie
auch diese Bewegung zu jeder Seite 5mal aus.

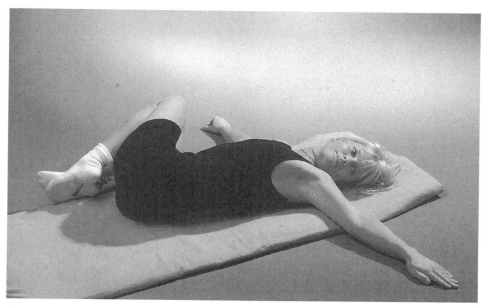

Knie nach rechts, Kopf nach links

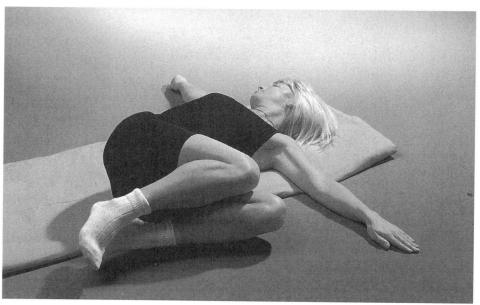

Knie nach links, Kopf nach rechts

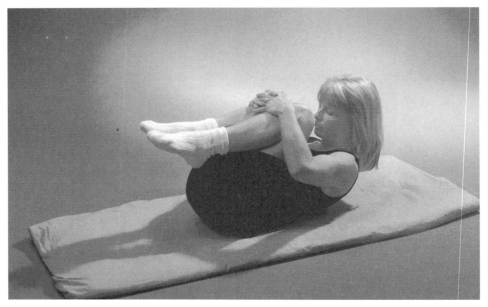

Knie zum Kopf führen

9

Kehren Sie nun wieder in die Ausgangsposition zurück, umfassen Sie
die Knie mit ineinander verschränkten Händen, und ziehen Sie sie
zum Kopf. Halten Sie diese Position drei Atemzüge lang. Danach lösen Sie die Hände, strecken die Beine senkrecht nach oben aus und
strecken abwechselnd die Zehen in die Höhe. Schwingen Sie sich
zum Schluß in eine sitzende Position hoch. Recken Sie sich noch einmal, gähnen Sie herzhaft, wenn Ihnen danach zumute ist, und stehen
Sie auf.

Zehen abwechselnd strecken

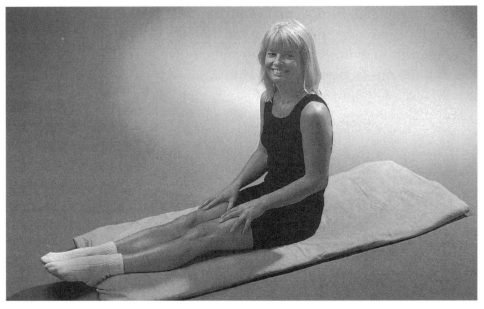

In eine sitzende Position schwingen

Die richtige Atmung

Bei den Bewegungen 4 und 5 atmen Sie bitte jeweils aus, wenn Sie die Knie zum Körper ziehen, weil dann die Luft ohnehin aus Ihren Lungen gepreßt wird. Bei allen anderen Übungen atmen Sie einfach so, wie es sich für Sie richtig anfühlt. Vertrauen Sie auf die Weisheit Ihres Körpers. Auf keinen Fall sollten Sie bei der Ausführung dieser Übungen außer Atem geraten. Halten Sie immer den Mund geschlossen, und atmen Sie stets durch die Nase ein und aus.

Variationen

Wenn Sie bei den Übungen 4, 5, 7 und 9 die Hände nicht über den Knien verschränken können, legen Sie einfach die rechte Hand auf das rechte Knie und die linke auf das linke.

Wenn Sie bei den Übungen 4 und 5 die Knie nicht zu den Augen bringen können, nähern Sie Kopf und Knie einfach so weit aneinander an, wie es Ihnen bequem möglich ist.

Diese Übungen sind kein Leistungssport, bei dem es gilt, über Grenzen hinauszugehen. Sie sollten sich bei allen hier vorgestellten Übungen immer im Rahmen des angenehm Machbaren bewegen. Bei Schmerzen sollten Sie Ihre Haltung überprüfen und die Bewegungen weicher, langsamer und achtsamer wiederholen.

Wenn Sie bei den Übungen 7 und 8 die Unterlage nicht seitlich mit den Knien berühren können, führen Sie die Bewegung einfach so weit aus, wie es Ihnen ohne Probleme möglich ist. Im Laufe der Zeit werden Sie feststellen können, daß sich die Knie immer weiter senken, ohne daß Sie dies forciert hätten.

Die Wirkung

Die Übungen des erwachenden Tigers pumpen Blut aus den inneren Organen in die Extremitäten und vor allem in die Beine, die nach dem Aufstehen sofort das gesamte Gewicht des Körpers tragen sollen. Darüber hinaus strecken sie die Wirbelsäule, dehnen sanft die großen Muskeln der Arme und Beine, der Schultern und des Nackens, der Brust und des Rückens und massieren die inneren Organe und besonders das Zwerchfell. Dadurch wird die Atmung vertieft, der Blutkreislauf und die Zirkulation der Lebensenergie angeregt. Nun sollten Sie bereit sein, aufzustehen.

Die 2. Übungsreihe:
Der Mönch schlägt die himmlische Trommel

Diese Form der Selbstmassage hat ihren Namen nach dem Klopfen auf den Kopf erhalten, durch das die Durchblutung des Gehirns angeregt wird. Erinnern Sie sich noch an den dummen Spruch aus Ihrer Kindheit: „Leichte Schläge auf den Hinterkopf erhöhen das Denkvermögen!"

Darin steckt aber tatsächlich ein wahrer Kern. Die Betonung sollte hier allerdings immer auf „leicht" liegen.

Diese Übungsreihe dient dazu, die Zirkulation der Lebensenergie Chi anzuregen, die inneren Organe zu stimulieren und zu harmonisieren und die Verdauung zu fördern. Sie sollte gleich nach der ersten Übung ausgeführt werden, nachdem Sie etwas warmes Wasser oder grünen Tee getrunken haben.

Für diese Übungsreihe stehen Sie im allgemeinen aufrecht, mit den Füßen etwa auf Schulterbreite auseinander, so daß eine von den Außenknöcheln zu den Schultern gezogene Linie vertikal gerade verlaufen würde. Die Knie sind entspannt und ganz leicht gebeugt. Der Rücken ist im allgemeinen gerade, und Füße, Knie, Beckenknochen, Schultern und Kopf zeigen nach vorn.

Auf den Kopf klopfen

Bis zu den Schultern klopfen

1

Lassen Sie den Kopf leicht nach vorne hängen, und klopfen Sie mit den Fingerspitzen in einem entspannten Rhythmus leicht von vorn nach hinten auf das Schädeldach, dann auf den hinteren Schädelansatz, den Nacken und die Schultern. Während Sie den Kopf wieder aufrichten, klopfen Sie von hinten nach vorne bis zur Stirn, dann über das ganze Gesicht und den Unterkiefer.

Auf das Gesicht klopfen

2

Das Gesicht reiben

Den Kopf reiben

2

Reiben Sie sich kräftig über das Gesicht und den Schädel hinunter bis zum Nacken, als ob Sie sich waschen würden.

Legen Sie dann die Zeigefinger hinter und die Mittelfinger vor die Ohren, und reiben Sie diese Stellen kräftig, bis sie warm werden.

Entlang der Ohren reiben

Unterhalb der Augenbrauen pressen   *Entlang des Jochbeins pressen*

3

Pressen Sie nun mit den Daumen von der Nasenwurzel ausgehend knapp unterhalb der Augenbrauen entlang bis zum Augaußenrand. Wiederholen Sie diese Bewegung 3mal.

Pressen Sie dann mit den Zeige- und Mittelfingern knapp unterhalb der Augen das Jochbein entlang bis zum Augaußenrand. Wiederholen Sie auch diese Bewegung 3mal.

2

Schläfen massieren

4

Streichen Sie danach mit Daumen, Zeige- und Mittelfinger entlang des Aughöhleninnenrandes unterhalb der Augenbrauen bis zu den Schläfen, und massieren Sie diese mit sanften kreisförmigen Bewegungen. Streichen Sie weiter zu den Ohren, massieren Sie die Ohrmuscheln und Ohrläppchen, und ziehen Sie sie behutsam vom Kopf weg.

Ohrmuschel massieren

Ohrläppchen ziehen

2

Entlang des Nackens pressen

5
Pressen Sie die Daumen in die Schädelbasis
am Nackenansatz, und streichen Sie mehrmals mit kräftigem Druck die Muskeln hinunter bis in die Schultern hinein.

Über das Jochbein streichen

Über den Unterkiefer streichen

6

Legen Sie die Hände beidseitig an die Nase, und streichen Sie mit den Zeigefingern unter sanftem Druck von der Nasenwurzel über das Jochbein nach außen. Streichen Sie dann mit den flachen Händen von den Schläfen ausgehend mehrmals den Unterkiefer herunter.

2

Über das Kinn streichen

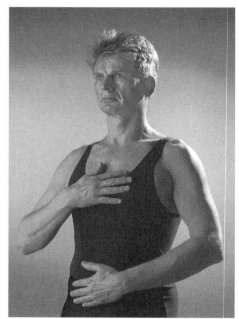

Über die Brust zum Bauch streichen

7

Legen Sie den Kopf leicht zurück, und streichen Sie mit den
über Kreuz gehaltenen Handflächen mehrmals abwechselnd
vom Kinn den Hals herunter.

Führen Sie die Bewegung fort,
indem Sie mit den Handflächen
mehrmals die Brust herunter bis
zum Bauch streichen.

Den Bauch reiben

Rücken in Nierenhöhe reiben

2

8

Legen Sie die linke Hand auf die rechte, und reiben Sie den Bauch mehrmals kräftig im Uhrzeigersinn (ausgehend von rechts unten nach links oben und so weiter).

9

Legen Sie nun die Hände in Nierenhöhe auf den Rücken, und reiben Sie diese Stelle kräftig, bis sie warm wird. Legen Sie danach die Hände übereinander auf den Bauch.

Nach links und rechts schauen

Nach oben und unten schauen

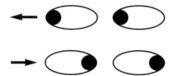

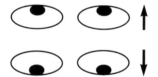

10

Die nächste Bewegung wird nur von den Augen ausgeführt; der Kopf sollte sich dabei möglichst wenig bewegen.

Schauen Sie mit den Augen mehrmals ganz nach links und ganz nach rechts, dann nach oben und unten und anschlie-ßend in die oberen und unteren Augenwinkel. Zum Schluß lassen Sie die Augen ganz entspannt das Unendlichkeitssymbol (eine liegende Acht) malen – erst in die eine, dann in die andere Richtung.

2

Schräg nach oben und unten schauen

Mit den Augen eine liegende Acht malen

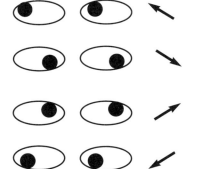

11

Zum Schluß dieser Selbstmassage lassen Sie die Zunge entlang des Zahnfleisches mehrmals erst in eine und dann in die andere Richtung kreisen.

Bleiben Sie danach noch einen Moment stehen, und atmen Sie langsam und gleichmäßig ein paarmal ein und aus.

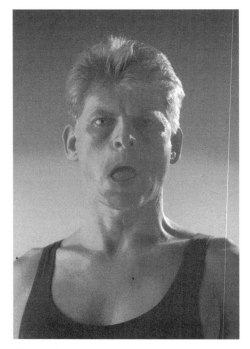

Zunge kreisen

Die richtige Atmung

Atmen Sie bei dieser Übungsabfolge ganz natürlich durch die Nase. Halten Sie niemals den Atem an. Auf keinen Fall sollten Sie bei der Ausführung dieser Übungen außer Atem geraten.

Variationen

Der Bauch sollte im Uhrzeigersinn gerieben werden, wenn Ihre Verdauung normal ist oder angeregt werden soll. Neigen Sie hingegen zu nervösem Darm oder gar zu Durchfall, sollte der Bauch entgegen dem Uhrzeigersinn gerieben werden.

Wenn Sie unter Verstopfung leiden, trinken Sie gleich morgens ein großes Glas warmes Wasser, und reiben Sie den Bauch ein bis zwei Minuten lang kräftig im Uhrzeigersinn (Übung 8). Lassen Sie auch die Zunge entlang des Zahnfleisches ein bis zwei Minuten lang im Uhrzeigersinn kreisen (Übung 11). Diese beiden Maßnahmen werden sowohl die Verdauung als auch die Ausscheidung anregen.

Wenn Sie am Computer arbeiten oder viel vor dem Fernseher sitzen, sollten Sie Übung 10 mehrmals am Tag in dieser Variante ausführen: Schließen Sie zunächst die Augen. Reiben Sie dann die Handflächen aneinander, bis sie warm werden, und legen Sie sie über die geschlossenen Augen. Atmen Sie 10mal, als ob Sie durch die Handflächen in die Augen ein- und ausatmen würden. Dann führen Sie die bereits beschriebene Augengymnastik aus.

Die Wirkung

Diese Übungen stimulieren den Blutkreislauf und die Zirkulation der Lebensenergie, harmonisieren die inneren Organe und regen die Verdauung an. Sie koordinieren die beiden Gehirnhälften und führen zu größerer geistiger Wachheit.

Besonders bei starker intellektueller Beanspruchung und bei Tätigkeiten, bei denen die Augen angestrengt werden, sollten sie tagsüber mehrmals ausgeführt werden.

Die 3. Übungsreihe:
Der Affe lockert seine Gelenke

Diese dritte Übungsreihe heißt so, weil wir durch die kreisenden Bewegungen der Gelenke und die sanfte Dehnung der Muskeln so beweglich und stark wie ein Affe werden können. Wenn die Gelenke locker sind, kann die Lebensenergie ungehindert im Körper zirkulieren, so daß der Energiefluß in allen Meridianen angeregt wird.

Diese Übungen sollten nach der zweiten Übungsreihe ausgeführt werden, nachdem Sie wieder etwas warmes Wasser getrunken haben. Sie können sie aber auch als vorbereitende Aufwärmübung vor vielen Sportarten, allen Kampfkünsten, vor dem Yoga oder der Meditation ausführen.

Im Verlauf dieser Übungsreihe stehen Sie im allgemeinen aufrecht mit entspannten, leicht gebeugten Knien. Die Füße sind immer parallel zueinander und stehen meistens etwa auf Schulterbreite auseinander, so daß eine von den Schultern zu den Fußknöcheln gezogene Linie vertikal gerade verlaufen würde.

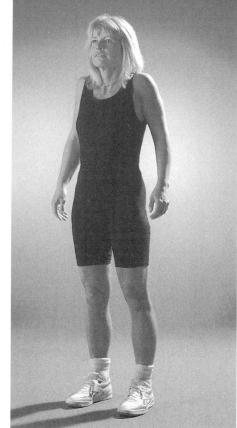

Schultern nach vorne kreisen   *Schultern nach hinten kreisen*

1

Rotieren Sie die Schultern 10mal nach vorne, anschließend 10mal nach hinten. Ziehen Sie die Schul- tern dabei so hoch wie möglich, damit die Kreisbewegung mög- lichst groß wird.

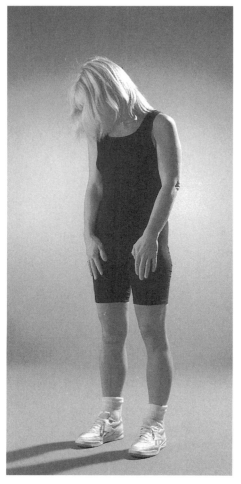

Kopf nach links kreisen

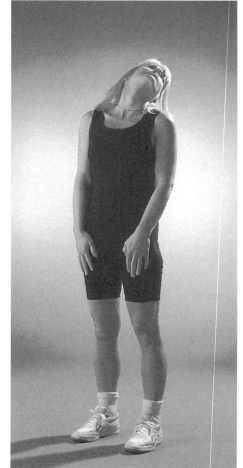

Kopf nach rechts kreisen

2

Senken Sie den Kopf nach vorne, und beginnen Sie, den Kopf kreisen zu lassen. Betonen Sie die Bewegung nach vorne, und bewegen Sie den Kopf nur so weit nach hinten, wie es Ihnen angenehm ist. Diese Bewegung sollte Ihnen auf keinen Fall Schmerzen bereiten oder zu Schwindelgefühlen führen. Wiederholen Sie dieses Kopfkreisen insgesamt 10mal in jede Richtung.

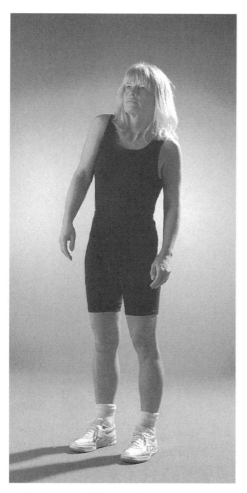

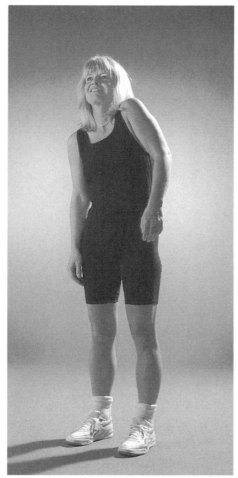

Schultern nach hinten kreisen   *Schultern nach vorne kreisen*

3

Bringen Sie den Kopf in die gerade Ausgangsposition zurück, und rotieren Sie die Schultern abwechselnd zuerst 10mal nach hinten, anschließend 10mal nach vorne. Wenn die rechte Schulter unten ist, befindet sich die linke oben und umgekehrt. Bei dieser Bewegung zählen Sie bitte links oben – 1, rechts oben – 1, links oben – 2, rechts oben – 2, und so weiter.

3

Ellenbogen nach links kreisen   *Ellenbogen nach rechts kreisen*

4

Legen Sie die Ellenbogen eng an den Körper, und rotieren Sie die Unterarme von den Ellenbogen aus 10mal in jede Richtung. Die Oberarme bewegen sich dabei nur minimal, und die offenen Handflächen zeigen nach unten und außen.

Handgelenke kreisen

3

5
Die Ellenbogen verweilen eng am Körper, und die Rotation findet diesmal ausschließlich in den Handgelenken statt. Ballen Sie die Hände zu lockeren Fäusten, und rotieren Sie die Gelenke 10mal in jede Richtung.

Finger kreisen

6

Die Ellenbogen bleiben in ihrer Position, und die Rotation findet diesmal ausschließlich in den Grundgelenken der einzelnen Finger statt. Öffnen Sie die Fäuste, spreizen Sie die Finger ganz leicht, und rotieren Sie einen Finger nach dem anderen 10mal in jede Richtung.

Versuchen Sie dabei, die anderen Finger möglichst nicht zu bewegen.

Arme nach vorne kreisen

Arme nach hinten kreisen

7

Schwingen Sie nun die Arme ganz entspannt in großen Kreisen 10mal nach vorne. Anschließend schwingen Sie die Arme 10mal nach hinten. In der vorderen Position sollten sich dabei die Fingerspitzen etwa in Brusthöhe leicht berühren.

3

Handgelenke kreisen

8

Beenden Sie die vorherige Bewegung, indem Sie die Arme auf Schulterhöhe seitlich ausgestreckt halten. Rotieren Sie in dieser Position die Handgelenke 10mal in jede Richtung. Dieses Mal bleiben die Hände geöffnet.

3

Arme abwechselnd nach vorne kreisen

Arme abwechselnd nach hinten kreisen

9

Schwingen Sie nun die Arme ganz entspannt abwechselnd in großen Kreisen 10mal in jede Richtung. Wenn der linke Arm oben ist, befindet sich der rechte unten und umgekehrt. Bei dieser Begung zählen Sie bitte links oben – 1, rechts oben – 1, links oben – 2, rechts oben – 2, und so weiter.

Becken kreisen (eng)

Becken kreisen (mittel)

Becken kreisen (weit)

10
Legen Sie die Handflächen in Höhe der Nieren auf den Rükken, stellen Sie die Füße eng nebeneinander, und lassen Sie das Becken 10mal in jede Richtung kreisen. Anschließend öffnen Sie die Beine ein wenig und führen die kreisförmige Bewegung des Beckens erneut 10mal in jede Richtung aus. Führen Sie diese Bewegung fort, indem Sie die Beine weiter und weiter öffnen, bis Sie mit bequem gegrätschten Beinen stehen.

Linkes Bein kreisen

Rechtes Bein kreisen

11

Stellen Sie sich auf ein Bein, und heben Sie das andere so weit hoch, wie es Ihnen angenehm ist. Breiten Sie die Arme seitlich vom Körper aus, damit Sie das Gleichgewicht halten können.

Führen Sie mit dem erhobenen Bein aus dem Hüftgelenk heraus eine kreisförmige Bewegung 10mal in jede Richtung aus. Wechseln Sie dann das Bein.

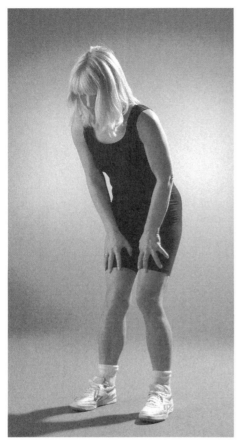

Knie zueinander   *Knie auseinander*

12

Stellen Sie die Füße etwa auf Schulterbreite auseinander, beugen Sie sich ganz leicht nach vorne, und legen Sie die Handflächen entspannt auf Ihre Ober-schenkel. Bewegen Sie die Knie je 10mal zueinander und wieder auseinander, so daß diese eine etwa kreisförmige Bewegung aus-führen.

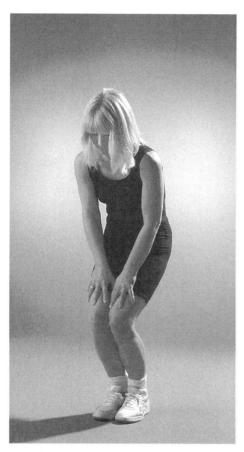

Knie kreisen

13

Bringen Sie die Füße und Knie nun zusammen, beugen Sie sich ganz leicht nach vorne, und legen Sie die Handflächen ganz entspannt etwas oberhalb Ihrer Knie auf die Oberschenkel. Rotieren Sie die Knie nun 10mal in jede Richtung.

3

Fußkreisen (niedrig)   *Fußkreisen (hoch)*

14

Stehen Sie aufrecht, und legen Sie die linke Hand auf die Brust und die rechte auf den Bauch. Heben Sie ein Bein einige Zentimeter vom Boden ab, und rotieren Sie das Fußgelenk 10mal in jede Richtung.

Heben Sie dann das Bein so weit hoch, wie es Ihnen angenehm ist, und rotieren Sie das Fußgelenk erneut 10mal in jede Richtung.

Anschließend führen Sie die Übung mit dem anderen Fuß aus.

Die richtige Atmung

Atmen Sie während der gesamten Übungsreihe ganz normal durch die Nase, und halten Sie an keiner Stelle den Atem an. Wenn Sie merken, daß Sie anfangen, schneller zu atmen, lenken Sie Ihre Aufmerksamkeit weg von der Atmung auf die Bewegungen, und führen Sie diese langsamer und gleichmäßiger aus. Auf keinen Fall sollten Sie bei der Ausführung dieser Übungen außer Atem geraten.

Variationen

Wenn Sie diese Übungsreihe als Aufwärmübung vor dem Sport oder der Meditation ausführen, sollten Sie jede Bewegung 15- bis 20mal wiederholen.

Die Wirkung

Diese Übungsreihe lockert mühelos alle Gelenke des Körpers und dehnt dabei gleichzeitig die Muskeln auf sehr sanfte Weise. Den Extremitäten wird mehr Blut zugeführt, so daß die Muskeln optimal für weitergehende Anstrengungen aufgewärmt werden.

In Asien heißt es, daß die Lebensenergie Chi nicht ungehindert zirkulieren kann, wenn die Gelenke nicht frei beweglich sind. Da diese Bewegungen alle Gelenke lockern und im Laufe der Zeit ihre Beweglichkeit deutlich verbessern, wird auch der Fluß der Lebensenergie durch die Meridiane stimuliert. Als allgemeine Lockerungs- und Aufwärmübung vor der Ausübung von Kampfkünsten oder der sitzenden Meditation entfaltet diese Übungsreihe eine besonders wohltuende Wirkung.

Die auf einem Bein ausgeführten Übungen stimulieren Ihren Gleichgewichtssinn und verbessern Ihre Balance. Außerdem beruhigen die gleichmäßig ausgeführten kreisförmigen Bewegungen den Verstand und harmonisieren die Emotionen.

Die 4. Übungsreihe:
Der hungrige Bär

Diese Übungsreihe hat ihren Namen erhalten, weil die Bewegungen
an einen Bären auf der Suche nach Honig erinnern, der sich nach
der Honigwabe streckt, den Baumstamm packt und ihn ausreißt und
versucht, die wütenden Bienen abzuschütteln. Sie sollte im Anschluß
an die dritte Übungsreihe ausgeführt werden, nachdem Sie etwas
warmes Wasser getrunken haben, oder, falls Sie nicht die Zeit haben,
alle Übungen auszuführen, direkt vor der sechsten.

Arme nach oben, auf den Zehen   *Arme nach unten, auf den Hacken*

1

Stehen Sie aufrecht, mit den Füßen etwa auf Schulterbreite auseinander. Schwingen Sie die Arme so weit in die Höhe, wie es Ihnen angenehm ist, bis die Handflächen einander über dem Kopf berühren. Lassen Sie die Arme danach entspannt an den Seiten des Körpers herunterfallen. Stellen Sie sich bei der Aufwärtsbewegung auf die Zehen, bei der Abwärtsbewegung auf die Hakken. Wiederholen Sie die Übung 10mal.

Arme zusammen

Arme auseinander

2

Stellen Sie die Füße etwa auf doppelter Schulterbreite auseinander, und heben Sie die Arme in Höhe der Brust. Führen Sie die offenen Hände zur jeweils entgegengesetzten Körperseite, als ob Sie jemanden ganz fest umarmen wollten, anschließend öffnen Sie die Arme mit geballten Fäusten zu den Seiten, als ob Sie einen Vorhang auseinanderziehen wollten. Die Beine sollten sich dabei möglichst wenig bewegen. Wiederholen Sie diese Übung 10mal.

Wirbelsäule nach links drehen

Wirbelsäule nach rechts drehen

4

3

Stehen Sie weiterhin mit den Füßen auf doppelter Schulterbreite, und heben Sie die Arme in Höhe der Brust, wobei die Handflächen vom Körper wegzeigen. Richten Sie Ihren Blick auf die Handrücken, und drehen Sie sich von der Wirbelsäule aus 10mal in jede Richtung. Folgen Sie den Händen mit den Augen. Becken und Beine sollten sich nicht bewegen, da die Bewegung ausschließlich von der unteren Wirbelsäule ausgehen sollte und nicht von den Schultern oder dem Becken.

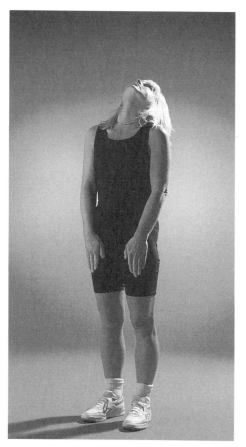

Kopf nach hinten

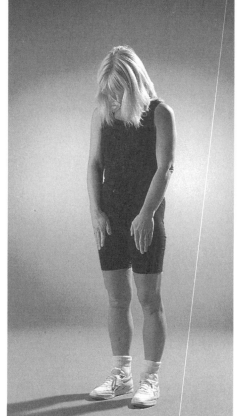

Kopf nach vorne

4

Stellen Sie sich wieder gerade
hin, mit den Füßen auf Schulterbreite auseinander. Die Handflächen ruhen entspannt auf den
Oberschenkeln. Führen Sie nun
den Kopf langsam und aufmerksam so weit nach hinten, wie es
Ihnen angenehm ist, und lassen
Sie ihn anschließend nach vorn
auf die Brust sinken. Wiederholen Sie die Bewegung 5mal nach
hinten und nach vorne. Beenden
Sie die Übung auf jeden Fall mit
einer Vorwärtsbewegung.

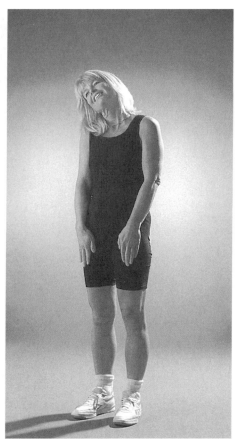

Kopf nach links zur Schulter   *Kopf nach rechts zur Schulter*

4

5

Aus derselben Haltung heraus
führen Sie den Kopf seitlich erst
in Richtung einer Schulter, dann
so weit zur anderen, wie es Ihnen
ohne Anstrengung möglich ist.
Wiederholen Sie die Bewegung
5mal auf jeder Seite.

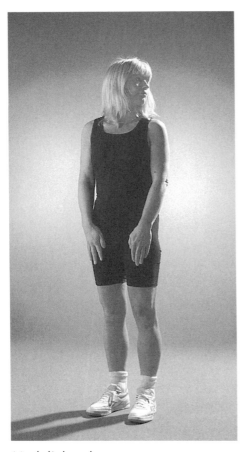
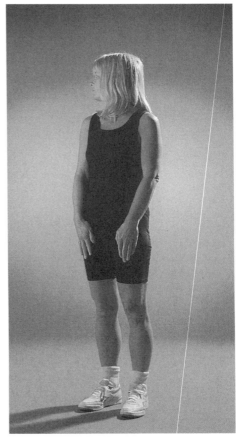

Nach links schauen   *Nach rechts schauen*

6

Aus derselben Haltung heraus schauen Sie 5mal nach links und 5mal nach rechts, so weit Sie können, ohne die Schultern zu bewegen. Die Bewegung erfolgt ausschließlich durch Drehung der Halswirbelsäule.

Die richtige Atmung

Atmen Sie während der gesamten Übungsreihe ganz normal durch die Nase, und halten Sie an keiner Stelle den Atem an. Wenn Sie merken, daß Sie anfangen, schneller zu atmen, lenken Sie Ihre Aufmerksamkeit weg von der Atmung auf die Bewegungen, und führen Sie diese langsamer und gleichmäßiger aus. Auf keinen Fall sollten Sie bei der Ausführung dieser Übungen außer Atem geraten.

Atmungsvariation für Fortgeschrittene

Wenn Sie mit dem Ablauf der Übungen ganz vertraut sind und diese sozusagen im Schlaf ausführen könnten, wenden Sie die folgende Atemtechnik an:

Übung 1: Bei der Aufwärtsbewegung einatmen, bei der Abwärtsbewegung ausatmen.

Übung 2: Bei der öffnenden Bewegung einatmen, bei der schließen den ausatmen.

Übung 3, 5 und 6: Bei der Bewegung zu einer Seite einatmen, bei der Gegenbewegung ausatmen.

Übung 4: Bei der Rückwärtsbewegung des Kopfes einatmen, bei der Vorwärtsbewegung ausatmen.

Variationen

Wenn Sie diese Übungsreihe entweder für sich allein oder nur vor der sechsten Übungsreihe ausführen, wiederholen Sie die Übungen 1, 2 und 3 jeweils 20mal, die Übungen 4, 5 und 6 je 10mal.

Die Wirkung

Diese Übungsreihe macht die gesamte Wirbelsäule beweglicher und dehnt besonders den Brustkorb und den oberen Teil der Wirbelsäule. Sie kräftigt und dehnt die Nacken- und Schultermuskulatur und beugt damit Kopfschmerzen und chronischen Verspannungen im Nacken-Schulter-Bereich vor. Außerdem verbessert die erste Übung den Gleichgewichtssinn.

Da die Blutzufuhr zum Gehirn und zu den Extremitäten erhöht wird, eignet sich diese Übungsreihe als kleine Lockerungsübung zwischendurch besonders für Menschen, die einer sitzenden Beschäftigung nachgehen.

Die 5. Übungsreihe:
Der Einsiedler an der Quelle der ewigen Jugend

In Asien wurde die Quelle der ewigen Jugend im Gegensatz zu Europa nicht außerhalb des Körpers gesucht, sondern in ihm. Wenn Sie nur Zeit für eine Übung am Tag haben, sollten Sie unbedingt diese Übungsreihe ausführen, da sie die Königin unter den Übungen ist und auch für sich ausgeführt viele wohltuend harmonisierende, angenehm vitalisierende und generell gesundheitsfördernde Wirkungsmöglichkeiten besitzt.

Wenn Sie diese Übungen je 10mal wiederholen, werden Sie einen guten Grundstein für die Erhaltung Ihrer körperlichen Gesundheit gelegt haben; die Kombination mit den anderen Übungsreihen verstärkt ihre positiven Wirkungen allerdings erheblich.

Führen Sie diese Übungsreihe im Anschluß an die vierte aus, nachdem Sie etwas warmes Wasser getrunken haben. In der Grundposition stehen Sie aufrecht, mit den Füßen etwa auf Schulterbreite auseinander, so daß eine von den Außenknöcheln zu den Schultern gezogene Linie vertikal gerade verlaufen würde. Die Knie sind entspannt und ganz leicht gebeugt. Der Rücken ist im allgemeinen gerade, und Füße, Knie, Beckenknochen, Schultern und Kopf zeigen nach vorn.

Sobald Sie sich die Übungen eingeprägt haben, versuchen Sie sie so fließend auszuführen, daß die einzelnen Abschnitte harmonisch ineinander übergehen. Bewegen Sie sich immer langsam und gleichmäßig, vermeiden Sie ruckartige Bewegungen, und konzentrieren Sie sich ausschließlich auf die korrekte Ausführung der Bewegungen.

5

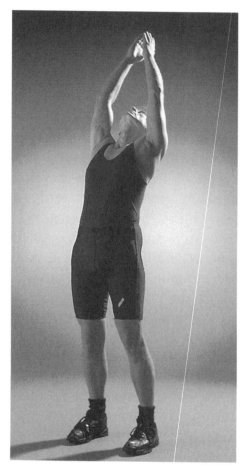

Rücken beugen, Arme nach oben

1

Nehmen Sie die oben beschriebene Grundposition ein, und heben Sie die Arme nach oben über
den Kopf nach hinten, wobei sich
Ihr Rücken ebenfalls leicht nach

Rücken aufrichten, Arme senken   *Rücken aufgerichtet, Arme gesenkt*

hinten beugen sollte. Die Handflächen berühren sich über dem
Kopf.

Führen Sie dann die Hände
hinter die Ohren, über Nacken
und Schultern seitlich am Körper
herunter, und richten Sie den
Oberkörper gleichzeitig wieder
auf. Wiederholen Sie diese
Übung 5mal.

5

 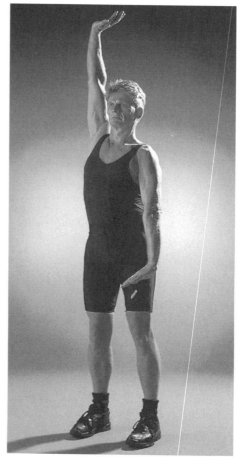

Linker Arm drückt nach oben   *Rechter Arm drückt nach oben*

2

Strecken Sie einen Arm nach oben, den anderen nach unten, als ob Sie etwas auseinanderpressen wollten. Die Fingerspitzen zeigen dabei zur Körpermitte. Während sich der obere Arm senkt, heben Sie den unteren. Die Hände treffen sich etwa in Höhe der Brust. Führen Sie die Bewegung anschließend auf der anderen Seite aus. Wiederholen Sie die Bewegung je 5mal.

Rücken nach hinten beugen *Rücken nach vorne beugen*

3

Heben Sie die Arme nach hinten über den Kopf, wobei sich auch Ihr Rücken beugen sollte. Die Handflächen berühren einander über dem Kopf. Beugen Sie den Oberkörper nun langsam und gleichmäßig so weit nach vorn, wie es Ihnen ohne Anstrengung möglich ist, und schwingen Sie die Arme seitlich an den Knien vorbei nach oben. Der Kopf befindet sich nun etwa auf Kniehöhe. Wiederholen Sie diese Übung insgesamt 5mal.

5

 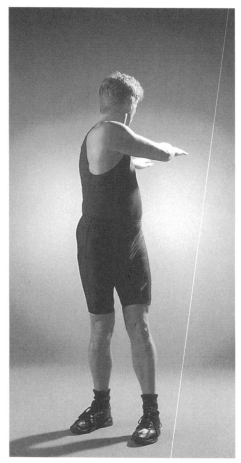

Wirbelsäule nach rechts drehen   *Wirbelsäule nach links drehen*

4

Heben Sie die Arme vor dem Körper auf Schulterhöhe, wobei die Handflächen nach unten zeigen. Drehen Sie sich nun von der Wirbelsäule aus erst zu einer, dann zur anderen Seite. Die Beine und das Becken sollten sich dabei so wenig wie möglich bewegen. Achten Sie auch darauf, daß sich die Schultern nicht verspannen. Führen Sie diese Übung 5mal auf jeder Seite aus.

Oberkörper nach rechts beugen   *Oberkörper nach links beugen*

5

Kehren Sie in die Grundposition zurück, und führen Sie nun einen Arm über den Kopf und den anderen neben dem Körper nach unten. Die Handfläche der oberen Hand zeigt nach oben, die der unteren nach unten. Beugen Sie den Oberkörper seitlich so weit, wie es Ihnen ohne Anstrengung möglich ist. Drücken Sie dabei mit der unteren Hand nach unten. Wiederholen Sie die Bewegung auf der anderen Seite. Führen Sie sie je 5mal aus.

Arme nach rechts kreisen

Arme nach links kreisen

6

Kehren Sie in die Grundposition zurück, und heben Sie die parallel ausgerichteten Arme auf Schulterhöhe vor den Körper. Die Handflächen zeigen vom Körper weg. Beginnen Sie nun aus den Schultergelenken heraus mit großen kreisförmigen Bewegungen der Arme, die Sie 5mal in jede Richtung ausführen.

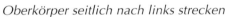

Oberkörper seitlich nach links strecken   *Oberkörper seitlich nach rechts strecken*

7

Führen Sie die Bewegung der Arme weiter, und lehnen Sie sich gleichzeitig in einem Winkel von 45 Grad seitlich nach vorne. Strecken Sie die Hände so weit wie möglich vom Körper weg. Richten Sie sich wieder auf, und führen Sie die Bewegung zur anderen Seite aus. Wiederholen Sie die Übung 5mal auf jeder Seite.

5

Arme über den Kopf heben

Nach vorne beugen

8

Kehren Sie in die Grundposition
zurück, und heben Sie die Arme
in einer kreisförmigen Bewegung
seitlich über den Kopf. Die Mittelfinger beider Hände berühren
sich ganz leicht über dem Kopf.
Beugen Sie den Oberkörper so
weit nach vorne, wie es Ihnen
ohne Anstrengung möglich ist,
und achten Sie darauf, daß die
Knie leicht gebeugt sind, um den
Rücken nicht zu belasten. Wenn
Sie in der Beugeposition ange-

Hände zum Boden strecken

Aufrichten

kommen sind, strecken Sie die Hände so weit dem Boden entgegen, wie es Ihnen angenehm ist. Bleiben Sie in der Beugeposition, heben Sie die Arme, und führen Sie die Hände hinter die Ohren.

Während Sie sich aufrichten, streichen die Hände über Ohren, Nacken und Schultern seitlich den Körper herunter. Wiederholen Sie diesen Bewegungsablauf 5mal.

5

Arme über den Kopf heben

Gebeugten Oberkörper drehen

Seitlich aufrichten

9

Kehren Sie in die Grundposition zurück, und heben Sie die Arme wieder in einer kreisförmigen Bewegung seitlich über den Kopf. Die Mittelfinger beider Hände berühren sich ganz leicht über dem Kopf. Beugen Sie den Oberkörper so weit nach vorne, wie es Ihnen ohne Anstrengung möglich ist, und achten Sie darauf, daß die Knie leicht gebeugt sind, um den Rücken zu entlasten. Wenn Sie in der Beugeposition angekommen sind, drehen

*Arme seitlich am Körper herunter-
streichen*

Arme gesenkt, entspannt atmen

5

Sie den Oberkörper zu einer
Seite. Richten Sie sich seitlich
auf, ohne die Position Ihrer
Arme zu verändern. Sobald Sie
sich aufgerichtet haben, drehen
Sie den Oberkörper zur Mitte
und beginnen die Bewegung erneut. Nur drehen Sie sich diesmal zur anderen Seite.

Die Position der Arme verändert sich während der gesamten
Übung nicht. Führen Sie die
Bewegung auf jeder Seite 5mal
aus.

Zum Schluß führen Sie die
Hände hinter den Ohren seitlich
am Körper herunter. Bleiben Sie
einen Moment stehen, und atmen Sie entspannt.

Die richtige Atmung

Atmen Sie natürlich durch die Nase, ohne sich besonders auf Ihren Atem zu konzentrieren. Sollten Sie bemerken, daß Sie schnell oder unregelmäßig atmen, verlangsamen Sie das Tempo Ihrer Bewegungen, bis Ihr Atem wieder einen gleichmäßigen, ruhigen Rhythmus gefunden hat. Zwingen Sie sich aber nicht, langsam zu atmen.

Atemvariation für Fortgeschrittene

Passen Sie die Atmung der Bewegung folgendermaßen an.

Übung 1, 3, 8, 9: Aufwärtsbewegung – einatmen, Abwärtsbewegung – ausatmen

Übung 2: Einen Arm strecken – einatmen, anderen Arm strecken – ausatmen

Übung 4, 5, 7: Zu einer Seite – einatmen, zur anderen – ausatmen

Übung 6: Eine volle Kreisbewegung – einatmen, nächste volle Kreisbewegung – ausatmen

Variationen

Wenn Sie nur diese Übungsreihe ausführen, wiederholen Sie jede Übung 10mal.

Die Wirkung

Eine bewegliche Wirbelsäule gilt in den Kulturen Asiens als Grundvoraussetzung für Gesundheit und Langlebigkeit. Die Übungen der Quelle der ewigen Jugend lockern und dehnen die Muskulatur des Rückens, halten die Wirbelsäule beweglich oder geben ihr ihre Beweglichkeit zurück; sie beeinflussen durch die Stimulierung und Harmonisierung der die Wirbelsäule entlanglaufenden Meridiane den Energiefluß des ganzen Körpers auf positive Weise und aktivieren die Chakren, die sieben Energiezentren des Körpers, die dem endokrinen System zugeordnet sind.

Die 6. Übungsreihe:
Der fliegende Phoenix

Diese Übungsreihe erhielt ihren Namen von dem legendären Vogel, der im Osten als Symbol der Unsterblichkeit und im Westen als Symbol der Auferstehung gilt, da viele ihrer Bewegungen dem Flügelschlag eines großen Vogels ähneln.

Wenn Sie die gesamte Übungsfolge absolvieren, führen Sie den fliegenden Phoenix im Anschluß an die fünfte Übungsreihe durch, nachdem Sie etwas warmes Wasser getrunken haben. Wenn Sie nur wenig Zeit zur Verfügung haben, führen Sie diese Übungen im Anschluß an die vierte Übungsreihe aus.

6

Rechte Hand, linker Fuß

Linke Hand, rechter Fuß

1

Stellen Sie sich aufrecht hin, die Füße etwa auf Schulterbreite auseinander, die Knie leicht gebeugt. Ballen Sie die Hände zu lockeren Fäusten, und schwingen Sie einen Arm nach vorn, während Sie sich gleichzeitig mit der Hacke des gegenüberliegenden Fußes sanft in den Hintern treten. Also: Linke Hand nach vorne – rechter Fuß nach hinten, rechte Hand nach vorne – linker Fuß nach hinten. Wiederholen Sie diese Bewegung 10mal mit jedem Bein.

Rechtes Bein heben   *Linkes Bein heben*

2

Nehmen Sie wieder die Grundposition ein, und strecken Sie die
Arme aus den Schultergelenken
heraus in die Höhe. Heben Sie
nun abwechselnd die Knie vor
dem Körper so weit in die Höhe,

wie es Ihnen ohne Anstrengung
möglich ist.

Öffnen und schließen Sie abwechselnd die Hände. Die Position der Arme verändert sich im
Verlauf der Übung aber nicht.

6

Linkes Bein nach hinten

3

Stützen Sie sich auf einen Stuhl, und schwingen Sie ein Bein so weit, wie es Ihnen möglich ist, nach hinten in die Höhe. Führen Sie diese Übung mit jedem Bein 10mal aus.

Rechtes Bein nach hinten

Auf einem Bein, Fäuste ballen

Arme zusammen, linkes Bein zur Seite

4
Nehmen Sie wieder die Grundposition ein, und heben Sie die
Arme bis auf Schulterhöhe.
Während Sie die Hände zu Fäusten ballen und die Ellenbogen
aufeinander zu bewegen, schwingen Sie das rechte Bein so weit zur
Seite, wie es Ihnen ohne Anstrengung möglich ist. Wenn Sie die
Arme wieder öffnen, schwingt das
rechte Bein zum linken zurück,
ohne den Boden zu berühren.
Führen Sie diese Bewegung mit
jedem Bein 10 mal aus.

6

*Arme zusammen, rechtes Bein
zur Seite*

*Hände nach oben, rechtes Bein
nach links*

Auf einem Bein, Hände vor dem Bauch

5
Nehmen Sie wieder die Grundposition ein. Führen Sie nun die
Hände und Ellenbogen seitlich in
die Höhe, wobei die Handrücken
nach oben zeigen, während Sie
das rechte Bein nach links über
die Körpermitte hinaus schwingen. Wenn Sie die Hände wieder
vor dem Bauch zusammenbrin-
gen, schwingt das rechte Bein in
seine Ausgangsposition zurück,
ohne den Boden zu berühren.
Führen Sie diese Bewegung mit
jedem Bein 10mal aus.

*Hände nach oben, linkes Bein
nach rechts*

Linker Arm, rechtes Bein nach vorne   *Rechter Arm, linkes Bein nach vorne*

6

Kehren Sie in die Ausgangsposition zurück. Schwingen Sie das rechte Bein nach vorne, während Sie auch den linken Arm nach vorne bewegen. Wenn das rechte Bein zurückschwingt, bewegt sich der rechte Arm nach vorne. Schwingen Sie Arme und Beine so weit in die Höhe, wie es Ihnen ohne Anstrengung möglich ist. Führen Sie diese Bewegung 10mal mit jedem Bein durch. Also: rechtes Bein nach vorne –

Linker Arm vorne, rechtes Bein hinten

linker Arm nach vorne, rechtes Bein nach hinten – rechter Arm nach vorne und umgekehrt.

6

Arme seitlich schwingen

*Oberkörper drehen, rechter Arm oben,
linker unten*

7

Nehmen Sie eine Position ein,
bei der Ihre Füße etwa auf doppelter Schulterbreite voneinander entfernt sind, und beugen
Sie die Knie so weit, wie es Ihnen
angenehm ist. Die Beine und das
Becken sollten sich bei dieser
Übung möglichst nicht mehr bewegen, und der Rücken sollte ge-
radegehalten werden. Schwingen Sie die Arme nun seitlich bis

Oberkörper zurückdrehen,
Arme seitlich

Oberkörper weiterdrehen, linker Arm
oben, rechter unten

6

auf Schulterhöhe hinauf, drehen Sie dann den Oberkörper von der Hüfte aus nach links, und schwingen Sie gleichzeitig den rechten Arm vor dem Körper nach oben und den linken hinter dem Körper nach unten. Schwingen Sie anschließend die Arme wieder seitlich bis auf Schulterhöhe hinauf, während Sie den Oberkörper wieder nach vorne drehen. Drehen Sie den Oberkörper weiter von der Hüfte aus nach rechts, und schwingen Sie gleichzeitig den linken Arm vor dem Körper nach oben und den rechten hinter dem Körper nach unten.

Wiederholen Sie die gesamte Bewegungsabfolge 10mal (insgesamt 40 Schwingbewegungen der Arme).

Oberkörper links drehen,
Arme schwingen

Oberkörper zur Mitte drehen,
Arme senklen

8

Behalten Sie die Position der Beine bei, und drehen Sie sich von der Hüfte aus nach links, während Sie gleichzeitig beide Arme nach oben schwingen, so daß sich die Fingerspitzen über dem Kopf berühren.

Drehen Sie dann den Oberkörper nach vorne, während die Arme nach unten schwingen, und führen Sie die Bewegung fort, indem Sie sich weiter nach rechts drehen und die Arme wieder nach oben schwingen, so daß

Oberkörper rechts drehen,
Arme schwingen

Entspannt stehen und atmen

6

sich die Fingerspitzen wieder
über dem Kopf berühren. Wiederholen Sie die Bewegungsabfolge 10mal (insgesamt 20
Schwingbewegungen der Arme).

9

Kehren Sie in die Ausgangsposition zurück, in der die Füße etwa
auf Schulterbreite auseinander
stehen. Lassen Sie die Arme entspannt auf den Oberschenkeln
ruhen, und atmen Sie langsam
und entspannt durch die Nase
ein und aus. Damit ist die gesamte Übungsreihe beendet.

Die richtige Atmung

Vertrauen Sie dem natürlichen Atemrhythmus Ihres Körpers, und erlauben Sie ihm, sich frei zu entfalten.

Wenn Sie diese Übungsreihe als Aerobic ausführen, wird sich Ihr Atemrhythmus natürlich beschleunigen und Ihre Pulsfrequenz erhöhen. Das ist so gewollt.

Messen Sie zum Schluß Ihren Puls. Die maximale Herzfrequenz sollte 220 minus Ihrem Alter betragen. Nach einem guten Workout sollten Sie etwa 80 Prozent davon erreichen. Wenn Sie also 40 Jahre alt sind, sollte Ihre Pulsfrequenz nicht über 150 Schläge in der Minute steigen.

Als Faustregel gilt, daß Sie in der Lage sein sollten, sich zu unterhalten, während Sie aerobische Übungen ausführen. Ist Ihnen das nicht möglich, sollten Sie Ihr Tempo drosseln.

Variationen

Fortgeschrittene können diese Übungsreihe als aerobische Übung betreiben. Dazu ist es erforderlich, daß Sie diese Bewegungen mindestens 20 Minuten lang durchhalten, ohne sich zwischendurch auszuruhen.

Sie können die gesamte Abfolge entweder mehrere Male hintereinander so wiederholen, wie sie hier beschrieben ist, oder die einzelnen Bewegungen statt 10mal bis zu 50mal wiederholen.

Die Wirkung

Diese Übungsreihe regt den Kreislauf an, stärkt und entlastet das Herz, verbessert Ihre Balance, stärkt und dehnt die Muskulatur der Beine, Hüften und Schultern, massiert durch ihre Drehbewegungen die inneren Organe, verbessert die Koordination der Arme und Beine und der beiden Körperhälften, stimuliert und harmonisiert durch die Überkreuzbewegungen der Extremitäten die beiden Gehirnhälften und fördert dadurch sowohl geistige Wachheit als auch die allgemeine Intelligenz.

Anregung für Übende

Diese Übungen sollten idealerweise am Morgen gleich nach dem Aufstehen ausgeführt werden. Aber natürlich macht es mehr Spaß, gemeinsam mit Gleichgesinnten zu üben. Tun Sie sich doch einfach mit Ihrem Partner oder Ihren Kindern, mit Freunden, Kollegen oder Nachbarn zusammen, um miteinander die wohltuende Wirkung dieser Übungen zu erfahren.

Sie können sich auch einmal in der Woche oder einmal im Monat mit anderen Übenden zu einem Erfahrungsaustausch treffen, gemeinsam üben und herausfinden, wie Sie die Übungen Ihren ganz speziellen Bedürfnissen anpassen können.

Wenn Ihnen die Übungen guttun, wenn Sie merken, daß Sie mehr Energie haben, sich einfach wohler fühlen, besser schlafen und optimistischer in die Zukunft blicken, geben Sie das Geschenk der Gesundheit und Lebensfreude, das ich Ihnen mit diesem Buch machen möchte, an Menschen weiter, die ebenfalls davon profitieren können. Sie werden es Ihnen danken und gemeinsam mit Ihnen auf der spannenden Reise zu Heilung und Ganzwerdung voranschreiten können. Ich wünsche Ihnen allen das Beste und ein glückliches, gesundes und langes Leben.

Für Anregungen, Kommentare und Erfahrungsberichte bin ich Ihnen dankbar. Bitte schreiben Sie mir unter der folgenden Adresse:

Manfred Miethe, c/o Umschau Buchverlag
Stuttgarter Straße 18 – 24, D-60329 Frankfurt am Main

Ich möchte mich an dieser Stelle bei allen meinen Lehrerinnen und Lehrern der Kampf- und Heilkünste auf das herzlichste bedanken, besonders bei:

IRENE CORDES, meiner Großmutter, die mir in Hamburg die Kraft des Heilens übertrug,

IRMGARD HÖLZEL, die mich als erste in die Welt der Kampfkünste einführte und von der ich in Hamburg Judo lernte,

ROSA AHRENS, die mir zeigte, daß es immer noch weicher geht, und von der ich in Hamburg Aikido lernte,

STANCE VAN DER PLAAS und GIA FU FENG, von denen ich an verschiedenen Orten in Deutschland und Holland die Pekingform des Tai Chi Chuan lernte,

ESHWARAN, der mich in Hamburg als erster in die Welt des Yoga und der Meditation einführte,

ROBERT VAN HECKEREN, der mich in Hamburg und in Holland Yoga und Massage lehrte,

Frau GORALEWSKI, die große Atem- und Entspannungslehrerin, bei der ich in Berlin zum ersten Mal den Boden unter meinen Füßen spüren durfte,

RUPERT SONAIKE, von dem ich an verschiedenen Orten in Deutschland die Square-Yard-Form des Tai Chi lernte,

ANDREW LUM, der mich in Honolulu den Yang-Stil des Tai Chi Chuan und Tao Gar lehrte, und der mir trotz des Widerstands seiner älteren Schüler die Erlaubnis gab, selbst zu unterrichten,

FRANCIS PANG, von dem ich in Honolulu nicht nur die üblichen langsamen Formen des Tai Chi Chuan lernte, sondern auch die schnelleren, mehr kampfbetonten der Tung-Familie, und der mich zu seinem Stellvertreter machte,

WILLIAM C. C. CHEN, der mich auf der Großen Insel von Hawaii lehrte, daß mit Tai Chi das Weiche tatsächlich das Harte besiegen kann,

T. T. LIANG, der eine Weile brauchte, bevor er mich zur Kenntnis nahm, von dem ich dann aber in Boston eine weitere lange Form des Yang-Stils lernte,

MICHIO KUSHI, der mich in Boston in die aufregende Welt der Makrobiotik und des Do-In einführte,

ROBERT WARNER, der mich im Eukalyptushain auf dem Campus der Universität Berkeley noch im Frühnebel Chi Kung und Stockkampf lehrte,

Y. C. CHIANG, dem ehemaligen General, von dem ich in Albany das „einzig wahre Tai Chi Chuan" lernte,

WONG JACK MAN, bei dem ich in Berkeley meine Tai-Chi-Chuan Kenntnisse vertiefte,

BRIAN LEE, der mich in Berkeley und in Honolulu in die Welt des Wing Chun Kung Fu einführte und mir mehr zeigte, als er eigentlich durfte,

THOMAS ZANE, in dessen Garage in Honolulu ich mein Wing-Chun- Training intensivierte,

KATHY ROBINSON, von der ich in Honolulu zum Massagetherapeuten ausgebildet wurde,

MARIE RILEY, die mich in Kaneohe Jin Shin Do lehrte,

JOHN PASQUALETTI, von dem ich in Honolulu die Einweihungen in den ersten und zweiten Reiki-Grad erhielt,

MANOCHER MOVLAI und JON SCHREIBER, von denen ich in Oakland Breema-Körperarbeit lernte und von denen ich die Erlaubnis erhielt, selbst zu unterrichten,

BERNADETTE FERNANDEZ, die mich in Berkeley für das dortige YMCA zum Krafttrainer ausbilden ließ.

Außerdem danke ich allen meinen Schülerinnen und Schülern in Hawaii, Kalifornien und Deutschland für ihre Unterstützung, ihre Begeisterungs- und Kritikfähigkeit. Ihr alle – Lehrer wie Schüler – seid für immer ein Teil von mir, und Eure Kunst, Eure Erfahrung und Eure Weisheit sind auf jeder Seite dieses Buches wiederzufinden.

Ich bedanke mich auch ganz herzlich bei meiner wunderbaren Frau SYLVIA, die mit mir auf den Abbildungen zu sehen ist, und bei dem Fotografen HERBERT ADAM.

Ich danke auch den Mitarbeitern des Umschau Buchverlags, besonders CHRISTA KAUSCH, KARIN KERN, KLAUS NABER, MICHAELA NELZ, ELISABETH NEU und ELKE RATHAI sowie CHRISTIAN PFAUTSCH, die alle maßgeblich am Gelingen dieses Projektes beteiligt waren und ohne die dieses Buch niemals veröffentlicht worden wäre.